ベリーズ文庫

鉄壁の女は清く正しく働きたい！
なのに、敏腕社長が仕事中も溺愛してきます

高田ちさき

STARTS
スターツ出版株式会社

目次

鉄壁の女は清く正しく働きたい！なのに、敏腕社長が仕事中も溺愛してきます

鉄壁の女は清く正しく働きたい！
なのに、敏腕社長が仕事中も溺愛してきます

第一章　青天の霹靂

　――晴れた空に突然起こる雷の意味から、思いがけず起こる突発的事件。突然の衝撃。


　課長と課員三名の小さな経理室。そこが私、鳴滝沙央莉《なるたきさおり》の職場だ。

『サンキン電子株式会社《でんしかぶしきがいしゃ》』は電子機器を扱う中小企業。主に自動車に使われる半導体を扱う会社でシェアは日本で三位。取引先の多くは自動車関連会社が多い。先代の社長の後を継いだ二代目社長が半導体を導入して少しばかり大きくなった会社だ。いくつか特許を保有しており、就職活動したときは安泰《あんたい》だと思っていた。

「暑い、暑い」

　外から帰ってきた今出川《いまでがわ》課長がクーラーの温度を下げようとしてから手を止めた。温度調節のボタンの横には大きな文字で【二十八度厳守】と書かれている。

　いわゆる省エネ推奨温度だが、汗だくの今出川課長には酷《こく》だろう。

「課長、これどうぞ」

気を利かせた一年後輩の四条麻衣《しじょうまい》さんが、先日駅前で配られていたうちわを渡した。

「ありがとうね、四条さん」

先月五十歳になったばかりの気のいい課長は、薄くなった生え際に浮かぶ汗をハンカチでぬぐいながら、うちわであおぎつつ自席についた。この適度に気を使ってくれる課長のおかげで、私も四条さんも仕事に追われながらも精神的には落ち着いた状態で働いている。普段は優しいけれど経理の知識も豊富で、ときには他の部署と戦ってくれる信頼のおける上司だ。

「私は寒がりなんでいいですけど、営業部とかがきつそうですよね。二十八度だと」

四条さんの言葉に今出川課長がうんうんと頷《うなず》く。まだまだ暑そうでふーっと息を吐いている。

「そうだよね」

ここは女性ふたりと課長の三人。部屋も小さく比較的クーラーの利きもよい。

しかし大所帯で男性の方が多数、出入りの多い部署である営業部ではこの室温だと仕事に集中できるのか心配だ。

しかし今の会社の状況だと仕方ない。

省エネと言えば聞こえはいいけれど、経費削減が主な理由だ。クーラーだけではない。倉庫やロッカー、トイレなどの蛍光灯は半分外してあるし、福利厚生のひとつである社員用のお茶やコーヒーは廃止になった。それまで親睦会など、ある程度会社から補助が出ていた制度も去年完全になくなった。

社員からは文句もあったが、経理課で会社の業績がある程度わかる私たちは、会社存続のためには仕方がないと理解している。

提出された領収書をチェックし、本人が入力したデータと照らし合わせる。付箋《ふせん》をつけながら仕事を進めていると、向かいのデスクから四条さんの悲鳴が聞こえた。

「え〜〜〜やばっ！」

私はどうかしたのかと顔を上げ、様子をうかがう。

四条さんは明るめの髪に、ばっちりメイクとネイルのいわばギャルだけれど、仕事は丁寧だし、ＴＰＯをしっかりとわきまえられる子だ。そんな彼女が業務中に叫び声を上げるなんてどうかしたのだろうか。

「んー、四条さん。仕事中だから言葉遣い気を付けようか」

やっと汗がひいてきた今出川課長が注意をしたが、四条さんの興奮はやまない。

「うちの会社、なくなっちゃうんですか⁉」

立ち上がり、今出川課長に詰め寄っている。その勢いに押された課長は椅子を引いて彼女と距離を取った。

「ああ、今日発表だったんだ。実はね、我が社買収されちゃうんだ」

課長の額にはさっき引いたばかりの汗が、またにじんでいた。

「されちゃうって……そんな簡単に」

呆れた四条さんの声には、さっきまでの勢いがなく覇気もない。

「どうしよう、せっかく死ぬ思いで就職活動して入社したのに、また就活するの、やだ！」

「いや、落ち着いて」

のんびり屋の課長が、四条さんをなだめようとしている。

「鳴滝さんっ！　どしたらいいんですかっ！」

私に声がかかったが、会社の決定事項だ。私にはどうしようもない。

私にできるのはひとつだけ。

「営業部に伝票の確認に行ってきます」

椅子から立ち上がると、出口に向かう。

「もう。こんなときまで真面目なんだから！」

四条さんの声を背中で受け止めて、経理課を出た。

営業部に向かう廊下でも、通達を見た社員たちが騒がしくしていた。その間を縫《ぬ》って、営業部のあるフロアに足を踏み入れる。

いつもこの時間は社内にいる人だ。今日はデスクではなく、入口近くで雑談をしていた。

「経理部の鳴滝です。今ちょっとよろしいでしょうか？」

私が声をかけると、当該社員は振り向いた。

「提出された伝票ですが――」

「なぁ、鳴滝さん。今そんな話している場合じゃないよね。だって会社がなくなるんだよ？」

信じられないとでもいうような顔をされているが、今は業務時間中だ。仕事をするのは正しい。正確には買収されるので消滅するわけではないが、訂正するのは面倒なので、そのまま飲み込む。

「今後の会社がどうなったとしても、経費は正確に計上しなくてはいけません。ですのでこの日の裏書、企業の名前だけでなく相手方代表者のお名前と、人数を正確に教えてください」

彼の提出した書類を見せながら、指摘する。

「え、そんなのすぐにわからないよ」

面倒だなと顔に書いてある。しかしここで引くわけにはいかない。

「では、来週の月曜までにお願いします。遅れたら今回の経費の振り込みは間に合いませんので」

私が踵《きびす》を返そうとすると、呼び止められた。

「待ってよ。いや、もうそっちで適当にやっておいてよ。そんな大きな金額じゃないんだし」

「適当？　たとえ小さな金額だとしても正確でなければいけませ――」

「あぁ、わかったわかった。すぐに書くから待っていて」

私の言葉を遮った後、胸元から手帳を出すとサラサラと領収書の裏に書きつけながらぼやく。

「本当に、融通が利かないね。だから〝鉄壁の女〟なんて呼ばれるんだぞ」

「私は、鉄壁の女ではありません。鳴滝です」

学生時代も真面目だったが、鉄壁って言われるほどお堅いつもりもない。ルールを守るのは自分を守ることにつながる、いわば自己保身のためだ。

そもそも、そのセリフを面と向かって私に言うなんて失礼すぎる。顔に出すと面倒なので無表情を貫く。あぁ、こういうところが〝鉄壁〟なのかと妙に納得してしまった。

「わかった、わかった。本当にくそ真面目だなっ！」

最後は投げやりに領収書を押しつけられた。

受け取った私は内容を確認する。

「こちらで結構です。では、失礼します」

「はいはい。おつかれさーん。本当に会社の危機だっていうのになんであんなに冷静なんだ」

背中にボヤキを受けながら、経理部に戻る。

会社の危機って言うけれど、買収だから名前を変えて業務は引き継がれる。

もちろんそこで、社員の入れ替えはあるだろう。希望退職も募るはずだ。しかしこの会社にしがみつきたいのならば、おしゃべりなどせずにこんなときでも働いていた方が、よっぽど残れる可能性はある。

イライラしているせいで、いつもよりもヒールの音が響く。

私の仕事――経理事務は相手の都合を考慮し続けるとまったく仕事が進まない。ある程度の融通は利かせているつもりだが、社内では私が書類を手にフロアに現れるとみんな一瞬嫌な顔をする。……もうそれも慣れたけれど。

入社して四年。伝票と数字にまみれている間に二十六歳になった。最初の二年は仕事を覚えるのに必死で、次の一年はどれだけ効率的に社員から期限内に書類を手に入れるかを極めた。

その結果、あの不名誉なあだ名をつけられたのだから、意味がわからない。

まぁ、でもそれも無理ないか。他の社員と仲良くなろうと思う気が私にないのだから。

そもそも会社は仕事をするところだ。自分の仕事をきちんとして、その対価としてお給料をもらう。そういう場だ。

だから四条さんに『おしゃれも楽しいですよ』と言われても、とくに必要性を感じない。一度も染めていない背中の中ほどまでの髪をひとつに束ねて、制服化しているブラウスにカーディガンと黒のタイトスカート、黒のパンプスを万年愛用している。着替えに迷う時間もなく合理的で、仕上げに眼鏡をかければお仕事スタイルの完成だ。

考え抜いて仕上げた、もっとも快適に仕事ができる効率的な服装。

周囲の目を気にする時間がもったいない。社員同士仲良くなくても仕事はできる。

いやむしろ変な感情を挟まない方が機能的でよい。

そんな私を周囲は面倒だとか、融通が利かないだとか、まぁいろいろ思っているだろうけれど仕事をきちんとしている以上、なんと言われてもかまわない。

それよりも相手に合わせたり、深くつき合って疲れたりしたくないのだ。


「ただいま戻りました」

「はい、おかえりなさい」

課長はまだうちわであおぎつつパソコンの画面を眺めている。

四条さんはなんとなく落ち着かない様子で、工場から送られてきたデータを精査しているようだ。

「あ〜もう、数字が合わないいっ！　私、クビになりませんか？　どう思います、鳴滝さん！」

「さぁ、どうだろうね」

私は首を傾げた。

「冷たい！　いつも通りだけど、今日は余計に冷たく感じる」

形のいい眉を下げて、机に突っ伏してしまった。

「はいはい。鳴滝さんが戻ってきたから今後について話をしますよ」

課長から声がかかって、私も四条さんも顔を課長に向けて話を聞く。

「さてご存じの通り我が社は『御陵《みささぎ》ホールディングス』の傘下に入る」

御陵ホールディングスは日本を代表する電子機器メーカーだ。

家電にはじまり通信機器や工場機器、各種システムの提供など小さな子どもから大人まで、なにかしらの形で御陵ホールディングスの商品を使用している。

我が社を買収後、主に自動車関連の半導体の製造販売をメインに行う予定だ。

「……ううう、そんな大企業の子会社だなんて、私みたいな下っ端、絶対クビを切られる」

さっきから弱気な四条さんは、ますます不安になっているようだ。

「そんな悲観的にならないで。給料上がるかも、ラッキーくらいの気持ちでいなさい」

こういうとき、課長が落ち着いているおかげで、気持ちがざわざわしなくて済む。

四条さんも課長の言葉に頷いて、なんとか持ち直しそうだ。

「はい」

四条さんは課長の言葉に納得していないようだが一応は落ち着いた。いまここで嘆いても仕方がないとわかっているからだ。

「おそらく鳴滝さんはこうなるって予想していたんじゃないのかな?」

「まぁ、なんとなく……」

課長に聞かれて、私はあいまいに濁した。

この一年ほど、通常業務とは別に、たくさんの経理資料を求められる機会が増えていた。それに加えて今年は採用数をぐっと絞っていた。開発部門に数人、経理も人員を増やしてほしいと依頼していたが、却下されている。

財務状況が悪いのは知っていたので、そろそろかなと思っていた、その程度だ。

「買収に向けて経理部も忙しくなる。財務の見直しは必須になるだろうし、システムも変更になる予定だ。おそらくだが、私たち三人はそのまま新しい会社に残れるはずだ」

「やったー!」

さっきまで泣きそうな顔をしていた四条さんが嬉々として快哉《かいさい》を叫んだ。

「はいはい、静かに。今までどんなに忙しくても三人で力を合わせてきてよかったな」

四条さんはうんうんと頷いている。

ずっと人員不足だと嘆いていたが、人が増えなかった。どうにかして乗り越えるために、個人の能力を嫌でも伸ばさずにいられなかったのだ。

そのおかげで、三人とも次の会社に残れそうだ。

「ほっとしました」

思わず本音がぽろっと口からこぼれた。

「あれ、鳴滝さんでもそう思うの？」

課長が意外そうに言った。

「はい、このご時世安定した仕事は大切ですから」

心の中を知られてなんとなく気恥ずかしく、眼鏡のブリッジを指で上げながらそっけない返事をする。

「私はとりあえず、転職活動しなくて済んでほっとしました」

四条さんは、心底安堵《あんど》しているようだ。

私はひと言忠告する。

「安心しているようだけど、大企業の傘下になるのだから、今までみたいにのんびり仕事をしていられないかもよ」

「えーそんなぁ」

四条さんはまた机に突っ伏してしまった。

しかしすぐに顔だけ上げてこちらを見る。

「鳴滝さん、見捨てないでくださいね」

「もちろん」

笑顔は得意じゃないけれど、にっこり笑ってみせる。基本的に会社の人と仲良くしようと思わないが、四条さんと課長は別だ。私をちゃんと理解してくれている相手には、私だって好意を持つ。

「鳴滝さーーん、貴重な笑顔ありがとうございますっ！」

立ち上がった四条さんが私に抱き着こうとして、課長が止める。

「はいはい、将来安泰だってわかったなら仕事仕事！」

「はぁい。頑張りまぁす」

さっきまで悲愴感漂う顔をしていたのに、今はけろっとしている。

私は彼女のこういう切り替えの上手なところが好きだ。

周囲から真面目でお堅いやら、暗いやら評価されがちの私と、いわゆるパリピの四条さんだったが、気が合って仲良くしている。お互いにあまりにも違いすぎるのが逆によかったのかもしれない。

課長も変に口出しせずに温かく見守ってくれるタイプの上司だ。

私にとってこの経理課はすごく居心地のいい職場であるし、仕事内容も気に入っていた。

　買収後も続けられるとあってほっとしている。

　仕事がなくなり収入が途絶えても、私には帰る場所はないから。無駄事を考えそうになったところで、課長の声が遮ってくれて助かった。

「と、いうことで……倉庫で資料探しっていう面倒な仕事なんだけど」

「私無理です！」

　四条さんは、すごい速さではっきりきっぱりと断った。たしかにその仕事なら私の方が適任だ。

「と言っているので、鳴滝さんお願いできますか？」

「はい……なんでしょうか」

「十五年前の資料が必要なんだけど、ただ前のシステムのデータなので現行のものではすべて把握できないんです」

　私が入社する前に行われたシステム移行のときに、うまくいかなかったデータらしい。そういったものは紙の書類で確認する他ない。完全に移行しきれていないのが悲しいところだ。

「わかりました。何年度のどの会社のものが必要なのかおっしゃってください」

「メモしようか？　数が結構あるんだけど」

課長がペンを手に取ったけれど、私はそれを止めた。

「いいえ、口頭で結構です」

「いやぁ、さすがだね。えーと……」

課長がデータを読み上げた。

「かしこまりました。一時間後には準備できると思います」

「相変わらず、君の記憶力はすごいね～いやぁ、ほんと」

課長は腕を組んでゆっくりと頷いている。

「なんの自慢にもなりません。ただの特技ですから」

「またまた、それでずいぶん助かってるから、私自身ね。いつもありがとう」

「いいえ、仕事ですので」

私は軽く頭を下げて、目の前のデータ入力を済ませた後すぐに、魔窟《まくつ》なんて揶揄《やゆ》される、過去の資料が詰め込んであるだけの資料庫に向かった。


本当にここ……一度ちゃんと片付けしないと。

私は以前足を踏み入れたときよりも、ひどい状況になっている倉庫を見て唖然《あぜん》とした。

日々の仕事に追われると、こういうところがおろそかになる。これも人手不足の影響だ。

乱雑に積み上げられた段ボール。空いている場所に適当に置かれたものを誰が探せるだろうか。私以外は。

サーッと資料を目で追っていく。前回ここに来たのは二カ月前くらいだ。そこから段ボールがいくつか増え、場所が動かされているものも何個かある。

袖口《そでぐち》で口元を覆いながらほこりっぽい室内を進む。十五年前の資料であの会社なら、ここ。

あった。特別苦労なく、部屋の片隅の段ボールの奥にある資料を見つける。

ものが多くて複雑な倉庫の中身を把握しているのが、私だけって大丈夫なのかな。心配になるがでしゃばるつもりはない。

出る杭《くい》は打たれる。手を抜くわけではないけれど、よくも悪くもあまり目立ちたくない。

二十六年生きてきて、見て見ぬ振りは上手くなった。

両腕に分厚いファイルを抱えて、資料庫を出る。

廊下を歩いていても自社の買収の話でもちきりだ。浮足立っている社内を歩いていると、不安に思っている社員も多そうだ。

なにもかも今までと同じというわけにはいかなくても、あまり変化のない日常が続けばいいなと思う。それ以上はなにも求めないので。

まっすぐに経理課を目指し歩いていると「君」と声をかけられた。

その顔に見覚えがある。

一礼してから口を開いた。

「御陵《みささぎ》常務でいらっしゃいますね」

「お、私を知っているなんてすごいね」

一度会社を訪ねてきた際に見かけた。あれは一年以上前だったか、そのころから買収について協議が重ねられていたに違いない。

一度見れば私でなくとも忘れないだろう。それくらい印象的な男性だ。

御陵大翔《ひろと》——三十二歳。

この若さで日本を代表する大企業、御陵ホールディングスの常務を務めている。いわゆる生まれながらのセレブだ。

生まれもさることながら、その恵まれた容姿も周囲に注目されている。身長は百八十センチを超え、すらりと長い手足は日本人離れしている。そしてなによりも目を奪うのはその整った顔だ。

キリっとした男らしい眉に、形のいい二重の目、瞳は少し色素が薄く綺麗《きれい》に透き通っていて目じりにわずかにある皺《しわ》が周囲に柔和な印象を与える。スーッと通った鼻筋に、口角が少し上がった唇。それらの素晴らしいパーツが美しく並んでいる。

神様がそうとう頑張って、彼を生み出したのだろう。まさに最高傑作と言っても過言ではない。

育ちのよさも相まって、洗練されたふるまいから醸《かも》し出される雰囲気にみんなが注目してしまうのも無理もない。

「このような場所で、いかがなさいましたか？」

「実は社長と面談の予定だったんだけど、秘書とはぐれてしまって」

にっこり笑っているけれど、この綺麗な顔に油断してはいけない。頭の中でもうひとりの私が警鐘《けいしょう》を鳴らしている。

そもそも御陵ホールディングスの常務秘書がボスを迷子にさせるなんてありえない。おそらく常務本人が意図的に迷子にならないとこんな状況にはなりえない。

いったいどういうつもりなのだろうか。それを知っても仕方がないのだけれど。

とにかく早く目的の場所まで案内しよう。

「さようでございますか。私でよろしければご案内いたします」

表情を変えずに伝え、半歩前を歩きはじめる。

「ありがとう、悪いね」

私は頭を軽く下げて、前を向いて歩く。

「ねえ、君はみんなみたいに、会社が買収されるのに慌てていないね」

「いいえ、驚きました」

それよりも買収相手の企業の常務がここにいる事実に、びっくりしているけれど。

「そのわりには、通常の仕事をしているように見えるんだが」

「はい。お客様には関係ありませんので、職を解かれるまではいつも通り働きます」

みんなと先行きを不安がるよりも、早く仕事を終わらせて家に帰りたい。買収となれば管理部門の忙しさはどれくらいになるのか、想像しただけで疲れてしまった。だから時間を無駄にしたくない、というのが本音だ。

「なるほどね」

軽い返事があった。どういうつもりかはわからないけれど、触らぬ神に祟《たた》りなし。

当たり障りのない態度でどうにか社長室まで送り届けたい。

そう思っているけれど、相手から話しかけられたら無視するわけにはいかない。

私があまり話をしたくないとわかっていそうなのに、わざと話しかけてきているように思える。

「君は買収についてどう思っているんだ？」

「変化のときだと思っています。お客様にご迷惑がかからないように努めたいと思います」

当たり障りのなさでいえば百点の回答だ。でも彼は気に入らなかったらしい。

「優等生の発言だな」

嫌みだとわかっているけれど、表情は変えない。

「ありがとうございます」

お礼を言って済ませた。できるだけ関わらないに越したことはない。

あと数歩で社長室というところで、前から男性が速足で歩いてきた。

「御陵常務、いったいどちらにいらしたんですか？」

「悪かった。ちょっと迷子になったんだ。こちらの方に案内してもらって助かったよ」

どうやら彼の秘書と無事合流できたようだ。その先にいるのは社長だ。

自分の役目が終わってほっとした。

「では、失礼します」

軽く頭を下げてその場を辞する。

「待って、君名前は」

できれば言いたくない。だがここで拒否できる立場ではない。

「経理課の鳴滝です」

「そう、覚えておく。ありがとう」

すぐに忘れてほしいが、口が裂《さ》けても言えない。普通の人ならば覚えがめでたいのはいいことだろうが、私は今の状況が一番いいのだ。出世などは望んでいない。

もう一度頭を下げてから、その場を後にした。


「戻りました」

「おかえりなさい」

画面とにらめっこしつつ、四条さんが返事をくれる。さっきまでは落ち着きなさそうにしていたのに、今はすっかりいつも通りの集中力を見せている。本当にこの切替えの速さは見習いたい。

私は見かけはダメージないように見せて、その実心の中では引きずるタイプだ。四条さんのようなさっぱりした性格に憧れる。

「今出川課長、依頼された資料をお持ちしました。それとおそらく関連するこちらの資料も必要かと思いましたので持ってきています。不必要ならおっしゃってください」

両腕に抱えていたファイルを課長のデスクに置いた。

「いやいや、あの魔窟からこの短時間ですごいね。鳴滝さんの記憶力はやっぱり半端じゃないよ」

憂鬱《ゆううつ》な寄り道をしなければもっと早く帰ってこられたのだが。あえてその話をするつもりはない。四条さんの集中を途切れさせたくないからだ。この話を聞けばきっと彼女は興味津々になるだろうから。

「いえ、お役に立てて光栄です」

多くを語らずに、私は今日の仕事を仕上げるべくパソコンの画面に向かった。


「ただいま〜」

ドアを開けて暗い部屋に電気をつけると、中から同居人がけだるげに出てきた。

「疲れたよ〜」

歩いてきた同居の愛猫《あいびょう》のタマを抱き上げる。

迷惑そうな表情をしているけれど、今だけ我慢してほしい。タマの首のあたりに顔をつけて深呼吸を繰り返し、タマの成分を補充する。愛猫からしか接種できない栄養分があるのだ。

会社ではずっと気を張っている分、家に帰ると思い切り自分が出てしまう。とくにタマの前では顕著《けんちょ》だ。

きっと会社の人がこんな私を見たら驚くに違いないが、この解放感はなにものにも代えがたい。自分ひとりの空間なのだ、誰にも咎《とが》められないだろう。

「はぁ、疲れた。疲れた。タマは?」

もちろん返事はないけれどそれでいい。嫌がりつつも逃げ出さないのは彼女の優しさだ。

真っ白な柔らかい体に、赤い首輪。某国民的アニメの飼い猫にそっくりなところから、タマと名付けた。

一緒に暮らしはじめたのは三年前。

どこからともなくやってきてマンションに居座った。飼い主を探したり、警察に届け出たりしたけれど見つからずに、結局私と同居する流れになったのだ。

マンションが動物可の物件で本当によかった。

　小さいころから猫と一緒に暮らすのが夢だった。家族に反対され我慢してきたが、大人になり実現できるようになった。私は今、自由を満喫している。

「はぁ、幸せ。ありがとう。タマ」

　床におろすとしっぽをひとふりして、自分の寝床に帰っていった。

　タマにパワーをもらった勢いでそのまま家事を済ませてしまおう。

　駅から十分、五階建ての三階の角にある、１ＤＫのこの部屋。大学入学のタイミングでひとり暮らしをはじめてふたつ目の物件。

　ここは新卒で就職が決まったとき、職場に通いやすいという理由で決めたが住み心地がよく案外気に入っている。

　お風呂のお湯はりのボタンを押して、部屋着に着替え冷蔵庫の前に立つ。作り置きしていた切り干し大根の煮物をそろそろ食べきらないとやばい。後は冷蔵庫で解凍していた鶏肉をオイスターソースで焼こうか。

　自炊も慣れたものでさくさくとこなしていく。毎日のことだから、手の込んだものではないが、お弁当と朝夕の食事作りは自分の気持ちを切り替えるのに役立っている。

　手早く準備を済ませて、冷蔵庫から発泡酒を出して食事をはじめた。

　もちろんタマも自分のお皿から、ご飯をカリカリと音をさせながら食べている。今日も食欲旺盛で安心する。

タマの食事風景を眺めながら、晩酌《ばんしゃく》をするのが私の日課だ。

もっと見ていたいのにあっという間に食べ終わると、私の隣にやってきてちょこんと座った。

「ねえ、聞いてよ。とうとううちの会社ダメみたい」

タマはかわいい手で目をこすりながら、興味なさそうに話を聞いてくれている。

「たぶん新しい会社に再雇用されるとは思うんだけど、仕事やりづらくならないといいなぁ」

今の会社の規模はそこまで大きくないが、それゆえ個人の裁量権にまかされるところがたくさんあった。私にとっては働きやすい環境だ。

しかし買収後新しい管理体制になった場合、同じようなやり方が通用するとは限らない。

それにあの御陵ホールディングスの、御陵常務はくせものだ。

軽い雰囲気で周囲を油断させておいて、ここぞというときに本性を現すタイプ。そうでなければ、私に対してあんなに気軽に接触はしないだろう。ただのフレンドリーな上役ではない。経費の精算書から判断すると社長がずっと接触してきたのは彼で間違いない。だから新社長は彼になるだろう。

御陵常務は最終的には自分の目で判断をしたいタイプのようだ。現場主義のようで実情を知るために多くの意見を求めると聞いた。

それゆえ今の会社の状況を確認しに来たのだろう。あくまで私の把握する範囲でだが、今日の様子からしても間違いない。

「なんか面倒そうな人だったなぁ。なんとなく本性がつかめないって感じ」

派手じゃなくても安定した仕事をして収入を得たい私。目立たない場所で自分の仕事をしてつつましく暮らしたい。それだけなのだ。

だから変なことに巻き込まれたくない。

間違っても私の能力には気が付かないでほしい。知っている人には『すごい』と言われることもあるが、私にとって自分の特技にはあまりいい思い出がないのだ。


私が幼稚園児だったとき、体の弱かった母が他界した。周囲からは頑張ったほうだと言われていたようだが、私からすれば世界でたったひとりの〝お母さん〟がいなくなってしまってショックだった。

母の温かい手を必要とする歳だった私は、その三年後小学校三年生のときに父が再婚すると聞いて喜んだ。新しいお母さんができるのだと。

新しい母と三つ年上のはじめての兄。

新生活に胸を膨らませていた私だったが、半年でその生活が自分の求めていたものではないと理解した。

そのきっかけになった出来事を今でも鮮明に覚えている。

私は小さなころからずば抜けて記憶力がよかった。一度見たものは瞬時に脳内に焼きつく。写真で撮ったように頭の中で記憶される。

なかなか便利なその能力を披露すれば、周囲が褒めてくれた。それが自分の長所だと思っていた。だから誰でも褒めてくれるはずだと信じていたのだ。

そう思って新しい母の前でも、それを発揮した。

当時小学六年生だった新しい兄は中学受験の真っただ中だった。

毎日塾に通い、休みの日はお弁当を持って朝から晩まで塾で授業を受けたり自習をしたり。自宅でも深夜まで母親と二人三脚で勉強をしていた。

それを私は目の前で見ていた。兄の塾のテキストを見ていたら『お前みたいなガキに解けるはずない』などと言われてむっとした私は、その宿題をさらさらと解いてしまう。

実際に解いたわけではない。実はテキストの解答を事前に見て暗記していただけだ。

だから類似の問題が出されたとしても、内容を理解していないであろう私には解けなかっただろう。

子ども心にムキになってしまい、ずるいとはわかっていながら兄に対する対抗心から見せつけるように解いてみせたのだ。

『ねぇ、見てお母さんすごいでしょ？』

母はすべて正解のテキストを見て目を見開いて驚いた。

その隣で兄は『うそだろ』と衝撃を受けている。

やった、褒めてもらえる！

そう思ったけれど、次の瞬間――頬《ほお》に破裂音とともに衝撃が走った。

『お、お母さん？』

その場に倒れ込んだ私は、なぜ手を上げられたのかわからずに茫然《ぼうぜん》とする。

『こざかしい子ね。それで勝ったと思っているの？　お兄ちゃんが苦しんでいる横で、そんなデリカシーのないことがよくできるわね』

デリカシー……当時九歳の私は、そこまで他の人に気を配れる人間ではなかった。

兄の前で問題を解くという行為が、どうして彼を傷つけたのか理解できなかった。

もちろん今ならできる。受験前で母も兄もとても神経質になっていた。そこで私がすらすらと問題を解いたのだ。三つも下の、塾にも通っていない子が簡単に解いた問題が解けないとなると相当なプレッシャーになるだろう。

『私はただ――』

褒めてほしかっただけ。

そう言いたかったのに、目の前で兄が声を上げて泣き出した。

『もう無理だ、俺はバカなんだ。受験なんてできない』

『泣かないで、ママのところにいらっしゃい』

兄は母親の胸で泣きじゃくっている。

頰をたたかれたのも、怒られたのも私なのに、なぜ母の胸で泣いているのは兄なのだろうか。

自分は大人からたたかれるほど悪い行為をしたのか、理解できなかった。

『少し記憶力がいいだけで、いい気にならないで。本当にかわいげがない。あなたみたいな子は誰からも好かれないわ！』

酷《ひど》い言葉の暴力だ。だがそのときに理解した。人より少しだけ記憶力がよいというこの能力は、人前で大っぴらに見せるものではない。人によっては不快に感じるものなのだと。

兄が中学受験に失敗したことが決定打になり、新しい家族との溝はうまらないままだった。その後兄はなにもかもにやる気がなくなったようで、母はそれすら私のせいだと事あるごとに責めた。

父は新しい母に気を使って、私を守ろうとはしてくれなかった。そんな家族になじめるはずなどない。

大学を卒業する年に、父が亡くなってからは没交渉だ。お互いのためにはそれがいいのだと思う。


そういう理由で私は自分のこの能力を決していいものだと思えなかった。

それに成長とともに気が付いた。

学生時代の暗記中心の試験では役に立ったこの能力だが、覚えているだけでは役に立たない場面がたくさんある。たとえば料理のレシピは覚えていても、実際に作れないし、楽譜は読めてもピアノは弾けない。

ただ人よりも記憶力がいいというだけ。結局その程度なのだ。

知識があるから期待される機会もあった。そしてできないとわかると、相手は必ず落胆するのだ。勝手に寄せられる期待も、がっかりされて裏切られたという顔をされるのもつらい。それならばこんな能力は、人に知られない方がずっといい。

だから私は常に身の丈に合った、地に足のついた、現実的な、腰の据わった——そういう堅実な暮らしを心掛けてきた。

今の経理課の仕事では今日みたいに便利な場面もある。ちょっと便利くらいがちょうどいいのだ。

バタバタした一日だったせいか、昔の嫌だった過去を思い出してしまった。

「さーて。お風呂、お風呂」

私は最後のひと口のビールを飲み干すと、そのまま食器を下げてお風呂に向かった。

そんな私の足元をタマが「ニャー」と鳴きながら寝床に歩いていった。


買収の発表があって半年後。

本社ビルに掲げられている看板の書き換えが一週間前からはじまり、本日お目見えした。

サンキン電子株式会社あらため、本日より我が社は『御陵《みささぎ》エレクトロニクス株式会社《かぶしきがいしゃ》』となる。

私はというと、課長の言う通りクビを切られずに、これまで通り経理課の一員として勤務継続となった。

職を失わなかったのは大変喜ばしいが、買収に伴いこの半年間毎日終電近くまで残り諸々《もろもろ》の手続を行っていた。

四条さんなんかは『私この先やっていける自信がありません』と毎日泣きそうになりながらも、歯を食いしばって仕事をしていた。

今出川課長は今日の日を迎えるまで『頑張れ』と言っていたが、おそらく今日からも、落ち着くまではずっとこんな日が続くと思う。

もちろん四条さんにはそんな現実を突きつけるつもりはないけれど。

出社後、いつもとそう変わらない顔ぶれに挨拶をしながら、ロッカーに荷物を入れて経理室に向かう。

経営陣の一部は入れ替わったが社員は希望退職者以外、御陵エレクトロニクスに再雇用されている。

だから顔ぶれはほとんど同じだが、みんななんとなく今後が気になるようで、そわそわした雰囲気が全体として感じられた。

財務状況のよくない中、好条件で買収が合意されたのはひとえにサンキン電子が持っていた特許のおかげだ。とにもかくにも新しい体制がスタートする。

始業三十分後、オンラインで社長の挨拶がはじまった。これまでは年始など節目のときは七階のホールに集まって講話を聞いていたが、どうやら時間短縮のために今後はそういった場合もオンラインで済ませるそうだ。

「なんだかさみしいですね。私みたいな古い人間からしたら」

今出川課長がちょっとしょんぼりしながら、画面を見つめている。それに四条さんが諭すように言葉を返す。

「仕方ないですよ、今の時代コスパが大事ですから」

「でもほら、顔を見てだな」

「いや、向こうは課長の顔なんて見てませんよ。だからオンラインでも一緒です」

四条さんが身も蓋もない言い方をして、課長を落胆させている。

そんなふたりを横目に、私はこれから画面に映るであろう御陵社長に集中する。

この半年間、彼に関する様々な情報が私の中に記憶された。それだけ目に触れる機会が多かったのだ。

御陵大翔三十二歳。

御陵ホールディングスを経営する御陵家の次男。三歳年上の長男の御陵夕翔《ゆうと》氏は事業の中核である『御陵電気株式会社《みささぎでんきかぶしきがいしゃ》』で専務として勤務している。

それまで御陵電気で常務として勤務していた大翔氏は、たっての希望で今回御陵エレクトロニクスの社長に就任した。

兄弟どちらかに後を継がせるか、まだ決まっていないようで熾烈《しれつ》な争いが繰り広げられており、今回御陵エレクトロニクスがどれだけ大きくなるかが、大翔氏が御陵グループの後継ぎとなれるかどうかのカギを握っているらしい。

まるでドラマのような家督《かとく》争いだなと思いつつ、柔和な笑みを浮かべる画面の中の人物の話を聞く。

「はぁ、御陵社長ってばものすごく美男ですね。社長の顔を見るたびに寿命が三年延びそうです」

「それはよかった」

四条さんの大袈裟《おおげさ》な言葉に課長がニコニコ笑う。

「やっぱり、さっき課長がおっしゃっていたように、対面の方がいいですね」

「いやあ、四条さん。わかってくれたんだ。うれしいなぁ」

課長の意図と、四条さんの意図はおそらく違うだろう。彼女はイケメンを近くで見たいだけだ。

ふたりのやり取りを後日《しりめ》に社長の話がはじまった。

『みなさん、今どんな気持ちでその場にいますか？』

突然はじまった問いかけに、課長も四条さんも画面に集中する。

『おはようございます、社長に就任しました御陵大翔です』

にっこりと笑うその顔に四条さんが「はぁ、イケメン」と声を漏らした。

「四条さん、真面目に」

課長の注意に彼女は「すみません」と肩をすくめながら謝罪をした。

まあそんなふうに心の声が漏れてしまっても仕方ない。相手を魅了するすべをこの御陵社長は知っていて、しっかりと使っているのだから。

この半年間、御陵社長はこちらの会社での引継ぎ作業のため出社していた。

そのときに接触した社員が口を揃《そろ》えて言うのだ。物腰がやわらかくて、接しやすい。話をしやすい。親しみやすい。ユーモアにあふれており、頭の回転も速く切れ者で理想の上司。

などなど、いい評判しか聞かない。

買収に不安を覚えていた社員たちも、御陵社長がトップに立つと知ってから、士気が上がった。

ほんのわずかの間に、社内の雰囲気まで変えてしまったのだ。

その手腕たるや、残った経営陣も舌をまくほどだ。あからさまに彼を外から来た人間扱いしていた人物は、この半年で見事に彼に飼いならされた。

さっそく新しい体制でいろいろとスタートしていて、トップに立つべき人間のカリスマ性を目の前に突きつけられている。

こういう人は私と違って、天から与えられた能力をしっかりと活かせる。

経営難だった会社も、彼がいればよい方向に進むと周囲に思わせる力がある。

できれば定年までしっかり働きたい私にとっては、ありがたいことだ。ここでやるべき仕事を淡々とこなしていこう。

「なんだか、私もやる気が出ました！」

四条さんはすっかり御陵社長の信者になって、やる気にみなぎっている。

私はといえば、どうにか平穏に過ごしたい。その気持ちは変わらない。だから御陵電気のお家騒動に会社を巻き込まないでほしいと切に願う。

小さくため息をついたのを、課長は見落とさなかった。

「鳴滝さんはため息ですか。四条さんとは真逆の反応ですね」

「すみません。気を付けます」

普段はあまり感情を出さないようにしているのに、うっかりしていた。

「いいんですよ。仕事をきっちりしてくれれば、やる気があろうとなかろうと」

「ないってわけでは、ないいんですけど」

そうだ。しっかりと自分の食い扶持《ぶち》は稼がないといけない。

「言い方がきつかったですね。ふたりともいつも頑張ってくれてありがたいと思っていますよ。では、まだまだ忙しい日が続きそうなので頑張りましょう」

課長が気合を入れるかの如く、ぱんっと大きく手をたたいて、仕事を開始した。


午前中の早い時間は、社員が社内にいる可能性が高いので話をするにはうってつけだ。メールで催促《さいそく》すれば済む人もいれば、そうじゃない人もいる。

そういう人には直接会いに行くのが一番だ。上司の手前、すぐに処理してくれたらラッキーだ。

もちろんものすごく嫌がられるけれど、仕事が滞《とどこお》るほうが困る。

それになにか言われたとしても、淡々と対応していれば向こうの方が面倒になって切り上げてくれる。

今日も戦いに勝って、私は正しい伝票を胸に抱きフロアに戻っていた。

これで今日も定時退社できそう。表には出さずに心の中でうきうきしながら階段を下りていた。

「なんだかうれしそうだね」

突然声をかけられた。周囲にはわからないように喜んでいたつもりだったのに、なぜばれたのか驚いて振り向き、相手を見てさらにびっくりした。

どうして利用する人が少ない階段に、社長がいるの？

「おつかれさまです」

とりあえずなんの反応もしないのも失礼だと思い頭を下げた。しかし動揺が出てしまったのか、勢いよく頭を下げすぎて眼鏡が落ち、社長の足元に転がった。

少し緩んでいたのを放置していたせいだ。面倒でも眼鏡のメンテナンスを怠るんじゃなかった。

ものすごく恥ずかしかったけれど、それでもなんとか冷静を装えた私は偉い。

「大丈夫？　はい、これ」

「申し訳ございません。ありがとうございます」

今度は落とさないように頭を下げてから、眼鏡をかけた。

「それで、なにかいいことがあった？」

どうやら、まだその話が続いていたらしい。距離を詰められて、顔をのぞかれそうになったので一歩後ろに引く。

「特別なことはなにもありません。いつも通りです」

心の内を読まれそうで警戒する。

「そっか、それは残念だね。あれ、君はたしか以前、道案内してくれた子だよね」

あんな短時間のことをよく覚えていたものだ。

「はい」

「そのせつは、お世話になりました」

「いいえ。当然のことですので」

私はどうして社長にお礼を言われているのだろうか。どういう反応をすれば解放してもらえるのかわからずに、思わず眼鏡を触って動揺を隠す。他の人にはばれなくても、この人には気付かれてしまうかもしれない。

「あ、社長！　こんなところにいた」

社長の秘書がどうやら彼を探していたようだ。

「見つかったか。じゃあまた」

「はい、失礼します」

頭を下げると、社長は長い脚でまるで秘書をまくかのように颯爽《さっそう》と階段を下りていった。

変わった人。

それが私から見た、御陵社長の印象だった。

第二章　君子は危うきに近寄らず

——徳のあるものは身を慎み守り、危険なことははじめから避ける。


それから一カ月が過ぎ、社内も次第に落ち着いてきた。

もっと急激な変化があると思っていたが、経理課はほぼ変わらない時間が流れていてほっとしている。

このまま穏やかに日々が過ぎていけばいい。

しかしそんな願いもむなしく、周囲に不穏な噂が流れてくる。

それは御陵社長をよく思わない一派との対立が、顕著になってきたことに起因しているようだ。

人が集まれば派閥《はばつ》争いはどこにでも起きる。穏便に過ごしたい私には迷惑だ。そう思いながら、いつも通りの仕事をしていた。


「鳴滝さんまた来たの⁉　もう面倒くさい」

営業部に顔を出すと露骨に嫌そうな顔をされるのももう慣れた。目の前で邪険にされても淡々と仕事をこなす。

「こちらなのですが、このままでは経費の処理ができません。領収書の裏に――」

「わかった、もう面倒だからこれは申請しないよ」

私の手から経費精算所を奪おうとしたので、慌てて手を引っ込めた。

「それは困ります」

「別に困らないだろ、俺が損するだけなんだから」

ふてくされた顔で返された。

「いいえ、あなただけが迷惑するわけではありません。きちんとした費用を計上しなければ、正確な利益の計算もできません、そうなれば顧客や株主様々な人に――」

今の行動がどういう結果をもたらすのか理解してもらおうと説明をしたが、途中で遮られた。

「わかった、わかったから！　もううるさい」

わかった、というのは理解したという意味だ。

「では再度提出をお願いします」

私は頭を下げてから踵を返した。

「本当に、融通が利かない。がちがちの石頭でかわいげがない」

背後からぶつぶつと文句を言われているが、それくらいできちんと処理をしてくれるならありがたいものだ。

それに今日の営業担当は、散々文句を言うものの、次はきちんとしたものを提出してくれる、手はかかるけれど比較的いい人だ。

営業部の出口に向かって歩いていると、中に入ってくる人物がいた。御陵社長だ。私はさっと横によけて、道を譲る。

どうしてこんなに頻繁に社長に遭遇してしまうのだろうか。

頭を下げて通り過ぎるのを待っていたのに、顔が映りそうなほど綺麗に磨かれた靴の先が視界に入ったまま動かない。

「顔を上げて」

「……はい」

どうして？と思うけれど、逆らうなんてできない。顔を上げると整った顔がにっこりとほほ笑んでいた。

美しい顔立ちに浮かべる神々しい笑み。うっかり心を開いてしまう人もいるだろうけれど、要注意だ。

「君、経理課の人だよね。かっこいいね」

かっこいい？　気になるけれど気にしたら負けだ。

「ありがとうございます」

仕事中にあまり言われない誉め言葉だ。

「君みたいな人が経理にいてくれると心強いよ。そこをおろそかにしている会社には未来はないからね。頑張って」

最後にキランと音が出そうなほどのスマイルを浮かべて、歩いていこうとして振り向き私にぐいっと近づいた。

え、なに？

いきなりパーソナルスペースに入ってこられて、どぎまぎする。

すると社長の手が私の肩に伸びてきた。

「猫飼ってるの？」

彼の指にはタマの毛がつままれていた。

「あ……はい。すみません」

私が手を差し出すと、社長はタマの毛を私の手のひらにのせた。

「仕事、頑張ってね」

手をひらひらさせながら、今度こそ歩いていった。

私も一礼をして廊下に出る。

さっきのひと言は、私を褒めているふうに見せて実は営業課員に釘をさしたのだ。数字に対する責任をきちんと持つようにと。

それで少しは協力的になってくれるとうれしいけれど、でもやっぱり御陵社長は優しく気遣いができるだけの人ではない。

ちょっと怖いな。でも会社を引っ張っていく人だから、そのくらいでなくちゃダメなんだろうな。

いろいろと考えながら経理課に戻り、先月分の売り上げをチェックした。


つつがなく自分の仕事を遂行する。

それが私の昔も今も変わらない仕事スタイルだ。

決して指示待ちではない。経理なので一年間の流れはある程度決まっている。今回のように買収など大きな出来事がなければ日々の業務は毎年ほぼ変わらない。

その変化のない中で少しずつ働きやすいように改善していくのが、私の性格には合っていた。

もちろん慣れればスピードも上がるので、できる仕事が増えていき、そして〝気付き〟も増えていく。それを無視するかどうかは自分次第だ。

今まで私は、すぐに改善できるような内容には取り組んだけれど、時間がかかったり人を巻き込んだりするようなことに関しては慎重に行動してきた。

しかし今回は……。

創業時からつき合いのある仕入先の会社だが、二年前から半年前にかけて取引金額が徐々に増えている。

この数字が特別おかしいというわけではない。市場価値の変動はよくある。

ただ……その他の会社との差が大きい。同じような原料を取り扱っているところの値上げ率はもう少し緩やかだ。

先方の昨年度の決算書があったはず。取引先の財務状況の確認のために信用調査をするのだ。それを念のため見ておこう。

きっと私の気のせいだと思いながら、中身を確認する。

先方の会社は小さな会社で、売上の八割が我が社である。

それならば、先方の売上額が伸びているはずなのに横ばい状態だ。他の顧客との取引が急激に減少したなどの理由があれば、わからないでもないが。

ここまでなら、私もよくあることで済ませたかもしれない。

しかし御陵ホールディングスの買収が決定した後、取引金額が一気にもとに戻っているのだ。

会社の管理体制が変わって、悪事がばれるのをおそれたのではないかと勘繰りたくなる。

キックバック——取引先と癒着して水増しで受注をして、その水増し分の何割かのお金を担当者が受け取っている可能性がある。

嫌な単語が頭をよぎる。

製造部で問題になっていないなら、余計なことはしなくていい。

どうして気付いてしまったの。

そう自分を責めてしまうほど、嫌な予感がする。君子は危うきに近寄らず。先人はいいことを言う。

けれど気が付いてしまった以上、頭の中に常にそれが居座ってしまう。

他の人ならおそらくスルーする違和感だ。だからここで私が黙っていても問題ない。でも今までそうしてきたから、サンキン電子が買収されなければならないほど、経営不振になってしまったのかもしれない。

たかが私が目をつむったくらいで……と思う気持ちと、その小さな他人事としてスルーしてきた結果が、積もり積もって業績に影響を与えたんじゃないのかと思う気持ちがせめぎ合う。

できれば苦労はしたくないし、穏やかに暮らしたい。

でもそのためには、頑張らなくてはいけないときもある。

あぁ……どうすればいいの。

パソコンの画面に並ぶ数字の違和感に、私はしばらくの間、頭を悩ませていた。

気になる、どうしよう。

このまま放っておけば、また経営悪化となって今度こそ仕事がなくなってしまうかもしれない。

経理という仕事もこの職場も好きだ。だったら……面倒事に巻き込まれたくはないけれどここで黙っているのは問題がある。

悩みに悩んだ私は、密告をすると決めた。勇気のない私ができるのは、これが精いっぱいだ。

その日の帰宅後、私はノートパソコンを立ち上げ文章を作成する。

本当は自分が違和感を持った箇所を伝えたほうがより告発文章に真実味が出るだろうけれど、そんなことをしたらすぐに足がついてしまう。だから取引先名とキックバックの可能性があるという事実だけを伝える文書を作った。

こちらが正しいはずなのに、後ろめたい気持ちになるのはどうしてなの⁉

いったいどこに告発するのが正しいのかわからない。どの部署であればこの情報が正しく処理されるのか。

悩んだ末、経営陣に近い、経営企画室に告発すると決めた。

もしそこが調べてなにも出なかったらそれでいいし、なにか出たとしてもその処遇を判断できる人たちが集まっているはず。

とにかく、黙ったままでいない。それがなによりも大切だ。

「私の取り越し苦労でありますように」

思わず気持ちが口からあふれてしまう。

相手先企業との取引を調べるように注進した文書を、パソコンで作成しプリントアウトする。それから今日仕事帰りに買ってきた封筒を取り出した。

「ニャー」

「タマ、もうちょっと待ってね。もう少しで終わるから」

タマは私の隣に座ると、しっぽを揺らした。撫《な》でやすい距離に来たタマの背中をもふもふと撫でてから、プリントアウトした文書を折り畳み茶封筒に入れる。宛て先も印刷したものを貼りつけた。

念には念を入れておくほうがいい。

あとは明日いつもよりも早く出社して、総務部の経営企画室宛ての書類入れの中に紛れ込ませれば完璧だ。

「はぁ、緊張する。今日は早く寝よう」

待たせていたタマが満足するまで遊び、それから寝る準備を整えた。私はタマにおやすみと伝えて、早々にベッドに向かった。

翌朝、こんなに緊張しながら出社したのは入社日以来かもしれない。

私は手早くロッカーに荷物を置くと、周囲の様子をうかがいながら総務の各課宛ての郵便や書類が入れられているボックスの前に立つ。

経理課宛てのボックスの中身を確認し取り出しつつ、近くの経営企画室のボックスに、昨日決死の覚悟で作った封筒を紛れ込ませる。

「おはようございます」

「お、おはようございます」

背後から声が聞こえて思わず肩がビクッとした。

振り向くと総務課の人が立っていた。

「鳴滝さん、早いですね」

「……はい。ちょっと仕事がたまっていて」

よく知っている人で、なんとか笑ってごまかす。

「へ～鳴滝さんにしては珍しいね。いつも仕事をきっちりしているイメージだから」

「ははは」

絶対うまく笑えていない。自分でもわかっている。なぜなら先方が不気味そうに私を見たからだ。

「ど、どうかしたの？」

どうやら不審がられるほどひどい笑顔だったらしい。焦って普段やらないことをやるとボロが出てしまう。

「し、失礼します」

私は頭を下げて、踵を返すといつもよりも若干早足で経理課に向かった。

自分のデスクに到着したときは、誰もいない部屋で「はぁ」と大きな安堵のため息をついた。

まだ始業時間前なのに、ひと仕事終えた気でいっぱいだ。

苦労はしたけれど、やっぱり取り越し苦労であってほしいと思う。

仕事上のトラブルは、ないに越したことはないのだから。

もう一度大きく息を吐いて、家から持参したマグボトルのお茶をひと口飲むと、パソコンの電源を入れて経理ソフトを立ち上げた。


決死の告発（密告）から十日ほど経ったある日。

今出川課長は、朝から打ち合わせで不在だった。四条さんとふたりでゆっくり作業を進める。のんびりできるのはいいのだが、決裁書類が箱からはみ出すほど高く積まれている。あれに押印をもらえないと仕事が先に進まない。

「もう十一時過ぎましたよ。まだ帰ってきませんね。課長」

「ええ、そうね」

急遽入った打ち合わせだ。どこの部署となのか、どんな内容なのかわからない。管理職なので他の部署とのすり合わせが必要だろうから、不自然ではない。

しかし私の頭の中では、事あるごとにあの封筒が浮かんでくる。

私が悪いわけではないのに、嫌なドキドキが胸に渦巻く。

いや、大丈夫。絶対、大丈夫。

ちょっと嫌な予感がするだけで、もうあれから十日も経っているし。

そう思い込もうとする自分と、まだ十日しか経っていないという自分が入れ替わり立ち替わり頭の中に現れる。

集中しないと、月末残業をする羽目になる。それだけは絶対避けたい。目指せ毎日定時退社。

姿勢を正して気合を入れ、パソコンに向かった――まさにそのとき。

「あ、課長おかえりなさい。今ちょうど鳴滝さんと話をしていたんですよ。遅いねって」

「あぁ、思ったよりも時間がかかってしまって。それで――」

今出川課長の視線が私に向く。目が合った瞬間嫌な予感で胸がドキッとする。

「鳴滝さん、経営企画室まで行ってくれるかな？」

「え……はい」

あぁ……的中してほしくない予感ほどよく当たる。

「今度は鳴滝さんですか。もう」

四条さんはちょっと不服そうだが、私の方が不満をぶちまけたい。

「どのような用件なのでしょうか」

この場で知っておいた方が、心臓にはいいはずだ。

「それがね、よくわからないんだよ。でも行けばわかると思うよ」

それはそうだろう。まったくなんの情報も得られなくてがっかりする。

「……わかりました。行ってまいります」

立ち上がった私は、この期に及んで「もしかしたら別の用事かもしれない」と淡い期待を抱きながら、経営企画室のフロアまで向かった。

経営企画室は、経営方針を実務に反映させ、具体的に各部署に指示を出す部署だ。いわば社長のお膝元の部署だと言える。

もちろん花形部署で、ここへの異動は未来の経営陣への足掛かりと言われている。ここの経理課の担当は四条さんなので、私はこれまであまり足を踏み入れる機会はなかった。

扉の前でノックする前に、大きく息を吐いた。

「なにしてるんだ？」

「ひっ‼」

背後から声がかかって、思わず声を上げて飛び跳ねた。びっくりするから急に声をかけないでほしい。

そう言いたいけれど、声で誰だかわかったので言わない。

「ノックを……しようとしたところです」

振り返り伝えた先には、なぜだかニコニコと笑っている御陵社長が立っていた。

なぜこの人は、神出鬼没《しんしゅつきぼつ》なのだろうか。もちろんこの疑問をぶつける勇気もない。

「そっか、じゃあ中に入ろう」

自分のタイミングで入りたかったのに、それすらできずに強制的に中に連れ込まれた。

「容疑者が来たぞ」

……容疑者。

社長について歩いていたけれど、その言葉で足が止まる。

「早く、こっちに来て」

社長自ら椅子を勧めてくれる。すぐに帰すつもりはないという強い意思を感じる。

「社長、そんな言い方したらかわいそうですよ」

私をかばってくれたのは、桃山《ももやま》経営企画室室長だ。

サンキン電子では三十五歳で常務になった優秀な人。しかし御陵エレクトロニクスでの立場は経営企画室室長。

降格のように思えたが、本人は気にした様子もなく仕事をバリバリこなしているようだ。以前から仕事もできる人格者だとは聞いていたが、私も一瞬で彼をいい人認定してしまう。こんな戦場のような場所で彼が唯一のオアシスのように思えた。

「あまり難しく考えないで、知っている事実を教えてほしいんだ」

桃山室長が優しく語りかけてくる。私はすがるように彼を見て頷いた。

「経理課の鳴滝さんで間違いないね」

御陵社長自ら私に問いかけてくる。私はがちがちに緊張したまま答える。

「はい」

「入社五年目、勤務態度はいたって勤勉で真面目、一部の者からは〝鉄壁の女〟などと呼ばれている」

「……っう、はい」

そんなことまで……たとえ調べていたとしても言う必要ないのに。

「とても優秀な社員が残ってくれて、私はとてもうれしいです」

満面の輝かしい笑み。しかし私は警戒を強める。

「さて今日ここに来てもらったのは、『ＭＩＨＡＭＡ株式会社』と我が社との不正取引の件についてだ。親切な誰かが匿名《とくめい》で教えてくれた」

やっぱり。予想が当たってがっかりしたけれど顔には出さない。

「どうして私が呼ばれたのでしょうか」

「ん？　聞きたい？」

肘をついて小首を傾げる姿はどこか楽しそうだ。

万が一、カマをかけられているのだとしたら下手なことは言わないに限る。

私は小さく頷いた。

「この不正に気が付いたのが、君だからだ。この封筒に見覚えは？」

めちゃくちゃある。けれど私はあいまいに首を傾げた。

「この中身は告発のみだったが。これに気が付くのは日ごろから数字を扱っている人だろう」

「営業部でしょうか？」

追い詰められているのはわかっているが、最後まであがきたい。どうにかしらばっくれてみる。

「まだ降参しないんだ。いいね」

なぜだかすごく楽しそうに、口の端をわずかに上げ笑っている。

もし桃山室長に聞かれていたのなら素直に認めたかもしれない。私の気持ちを酌《く》んでくれそうだから。でも御陵社長はなにを考えているかわからない。

「匿名ではダメなんですか？」

「せっかく正しい行いをしたのに、褒めてあげられない」

「本人は望んでいないかもしれません」

必死になって、公にはしたくないのだと伝えてみる。

「ん～それは俺の主義に反するかな。いいことをした人はきちんと評価しないと。伏《ふし》見《み》、あれ出して」

「はい」

社長が呼んだのは社長秘書の伏見さんだ。

伏見さんが出したのは。透明なチャックつきの小さなビニール袋。警察が証拠品を入れそうなやつ。

一見なにも入ってなさそうに見えた。

「同封された告発文に、白い猫の毛がついていたんだ」

「あっ！」

私が声を上げたのを見て、社長がにっこりと笑った。

しまった。思わず私がやりましたと言ってしまったようなものだ。

「以前会ったときも、君に猫の毛がついていたよね。あのときの出会いが運命だったのかもしれない」

そんな運命……呪いたい。ものすごく気を使って密告したのに、こんなに簡単にばれてしまうなんて。うっかり反応してしまった私が悪い。

「観念して認める？」

「はい」

私は小さく頷いて、うなだれた。

その様子を見た御陵社長は、クスクスと笑っている。

「そんな顔しないでほしい。さっきも言ったけど俺は君にお礼を言いたかったんだ。君は正しいのにどうしてそんな残念そうにしているんだ」

正義感あふれる人はそう思うのかもしれない。でも私は正しい行動よりも波風が立たない方を選ぶ人間だ。考え方が根本的に違うので、いくら説明しても理解してもらうのは難しいだろう。

困った顔で黙っていると、相手の方が折れた。

「まあ、いい。それよりもよく気が付いたな。犯人は上手く隠していたのに」

ここまできたら、ごまかすなんてできない。私は正直に経緯を伝える。

「なんとなく数字に違和感があったので、相手の企業の業績を調べたんです。経理だと信用情報も取り扱うので決算書なんかを少し」

「なるほど。でも君は過年度の取引データはどうやって確認したんだ？　三年より前のデータにはアクセスした記録が残ってなかった」

いぶかしげにこちらを見る目。もしかして不正を疑われている。私も犯人の仲間で良心の呵責《かしゃく》から罪を告発したと？

「いえ、あのなにも疚《やま》しいことはないんです。数字は覚えているので」

「覚えている？　全部？」

私は静かに頷く。

しかし秘書の伏見さんをはじめ私の味方であろう桃山室長まで、「なにを言っているんだ？」の顔をしている。

あぁ、これでは誤解を解けない。

「あの、本当なんです。うそじゃありません」

「いや、さすがにそれは通用しないかな」

御陵社長も呆れたように笑っている。目立ちたくはないけれど――仕方ない。

「お手元に売上の資料はありますか？」

「あぁ、もちろん」

御陵社長がそう言うや否や、私は年度と月、そして取引額を口にする。

「概算ではありますが、間違いないはずです」

「いや、これは……」

御陵社長が資料を見ながら目を見開く。その様子を見た伏見さんと桃山室長も資料を見て驚いた。

彼らが資料を見ている間も、私は数字を言い続ける。

一年分、言い切ったところで目の前の人たちに視線を向ける。

「どうですか？」

「いや……なんていうか」

これだけやれば疑いが晴れると思ったのに、三人が顔を見合わせている。

「あの……」

なにも言われなくて不安になる。

「ごめん、さっきはそんなことできっこないって疑って。すごいね鳴滝さん」

桃山室長の声に、ほっとした。やっぱり優しい人だ。一番に手を差し伸べてくれた。

「いや恐れ入ったよ。なんでも覚えられるの？」

「たいていのものは。この仕事をはじめて数字はとくに記憶に残るようになりました」

一日中流れていく数字が、頭の中に焼きついていく。

ほとんどが覚えておく必要のないものだけれど、残るものは仕方ない。

「君、すごいな」

不審がっていたはずの社長がうれしそうに声を弾ませた。まるで手品を見た子どものように目を輝かせている。

「いえ、ただ覚えているだけなので」

「すごいだろ。謙遜《けんそん》しなくていい」

私は首を振る。この特技を褒められても別にうれしくない。ちょっと便利という程度で、今回みたいに役に立つのはまれなのだ。

「おもしろいな。いいこと思いついた。君、経営企画室に異動ね」

「……なにをおっしゃっているんですか？」

かなり衝撃的な発言だった。本当は「は？」と言いたいところを、ぐっとこらえた私は偉い。

「驚いた？　でも俺、君を気に入ったから、ここで働いてほしいんだ。いやあ、困ってるんだよね、俺結構この会社で敵が多くて。君が力を貸してくれないか？」

「私には、荷が重いです」

「大丈夫、大丈夫。いつからがいいかな、今すぐいろいろお願いしたいけど無理だろうから、できるだけ早く」

「御陵社長さすがにそれは。彼女には経理課の仕事がありますから」

桃山室長がかばってくれる。やっぱり優しい人だ。

しかし御陵社長はまったく気にも留めていない。

「それなら問題ない。伏見、グループの中から経理のできる人をひとり、ふたりこちらに借りてきて」

「かしこまりました、すぐに手配します」

そんな簡単に人員の手配ができるなんて！　御陵の力の強さを思い知る。いや、今はそれどころではない。

経営企画室は花形の部署だ。事務担当だって優秀な人がなるべきなのに。

「いろいろと忙しいのに、事務処理まで手がまわらなくてね。桃山室長がやってくれていたんだけど、彼にはもっと重要な仕事があるから」

それはそうだろう。温和で仕事ができると有名だ。

「ですが、私は経理の仕事しか担当していないので、他にもっと適任がいるはずです」

なんとか考えをあらためてもらおうと必死になる。しかし私の抵抗は虚しく散る。

「もし君がここに異動してくれないなら、きっと経理の書類はギリギリになってしまうだろうね。ここの担当の子はかわいそうだ」

担当は四条さんだ。仕事には真面目に取り組むが、処理が速いわけではない。その上イレギュラーな出来事があれば途端にパニックになってしまう。

それを今出川課長や私がうまくカバーできるかと言われれば、ギリギリの人数でやっているので厳しいだろう。

完全に私の足元を見ている。脅《おど》しだ。

「残念だが、君が無理だと言うなら仕方ない。適材適所だと思ったんだが、無理強いできないからな」

「そんな……」

態度は思い切り尊大なのに、言葉では残念だという。

意地悪すぎない？

自分が苦労するならまだしも、困るのは四条さんだ。

私は自分がいつも正しい人間だとは思っていないけれど、それでも知り合いが困るのを見過ごすほど悪人でもない。

私に選択肢なんて結局ないのも同然だ。

今出川課長が反対してくれないだろうか。一瞬そう思ったけれど、長いものには巻かれるタイプだ。まったく期待できない。

これはもう承諾するしか道はない。

「わかりました。よろしくお願いします」

「受けてくれるのか、ありがとう、よろしくな」

輝く太陽のような笑みを浮かべる社長とは対照的に、私は絶望の中であらためて思う。

君子は危うきに近寄らず。

なのに一番底が知れない社長のお膝元で働くなんて。

私は絶望でふらふらしながら、あとどれくらいいられるのかわからない経理課のデスクに向かった。

まさかこんなに早く異動することになるとは。

御陵社長による恐怖の宣告から十日。

一週間で御陵ホールディングスのどこかから優秀な経理担当者が現れ、引継ぎを三日行った。

五年間やってきたのに、たった三日。

まあ来た人がベテランだし、なにかあっても私は社内にいる。

御陵グループで共通の経理システムを近々導入する予定になっているので、そのシステムが扱える人間が経理にやってきたのはありがたいことだ。

「お世話になりました」

私は細かい私物が入った段ボールを抱えて最後の挨拶をしている。

「売られていく仔牛を見ている気分です」

四条さんの言葉、それはきっと有名なあの歌の場面と関連づけているのだろうけれど、私は自分のことでいっぱいで無表情で頭を下げた。

「鳴滝さん、遊びに行きますから、頑張ってください」

「うん。四条さんも頑張って」

最初彼女が入社してきたときは、派手な見かけにうまくやっていけるか心配だったけれど、今となっては彼女の長いネイルでカタカタとキーボードをたたく音がなつかしい。

「鳴滝さん、大出世だよ、頑張って。私が行きたいくらいだよ」

「なら今出川課長が代わりに経営企画室に行ってください」

「あはは、無理だ」

速攻で断られた。

まるで他人事だ。そもそも今出川課長はそこまで出世欲がある人間ではない。

最後にどうしても聞いておきたいことがある。

「あの……課長が経営企画室に呼び出されたとき、どんな話をしたんですか？」

「ん～本当に私はなにも聞かされていなかったんだ。ほら、余計なことに首を突っ込んでやけどしたら大変でしょう？」

この人も私と似たところがある。面倒なことにはできる限り関わらないタイプだ。

だから私を呼びだすように言われた際に、深く考えることを放棄して言われるままに行動したのだろう。

「わかりました。本当にお世話になりました」

私は最後に経理室の中をぐるっと見渡して、私の代わりにやってきた経理担当者に頭を下げてから経営企画室に向かった。

社長室などの重役室と秘書室のあるフロアのひとつ下。六階に経営企画室がある。荷物があるのでエレベーターを使い足を踏み入れる。

五年間勤めている会社だが、異動となれば緊張する。

ドアを開けて中に入ると、すぐに桃山室長が私に気が付いてくれた。

「来たね。みんなに紹介するからこっちに」

桃山室長自ら出迎えてくれた。そのうえ私の手から段ボールを受け取ってくれる。紳士だ。

空いているデスクに段ボールを置いた桃山室長は、私の隣で声を上げた。

「今日から一緒に働く鳴滝さんだ、経理課にいたので知っている人もいるだろう？」

何人か知った顔があり、向こうも気が付いたようだ。

本当に見かけたことがあるという程度だ。ここの部署の人とは仕事での関わりが薄かったので、会話を交わした人はいない。

四条さんなんかは、各部署で仲のいい人を見つけてくるのが得意だ。同じ仕事をしていたのに、仕事のスタイルは全然違った。

上手くやっていけるのか心配だ。だけど投げ出すわけにはいかない。

「鳴滝です。経理課の仕事しか知らないので、ご迷惑をおかけすると思いますがご指導のほどよろしくお願いいたします」

当たり障りのない挨拶をすると、ぱらぱらと拍手があった。

桃山室長入れて七人。私と室長を含む五人はサンキン電子時代から経営企画室にいる人物で、ふたりは買収後に御陵ホールディングス側からやってきた人物だ。

挨拶を終えると、みんなすぐに仕事に戻る。静かな部屋にカタカタとキーボードをたたく音だけが響く。

もうすでに四条さんの独りごとに近い雑談がなつかしい。

デスクに私物を片付けつつ雰囲気をつかもうとしていると、廊下から御陵社長が入ってきた。

「来たね。どう？　新しい環境は」

来てからまだ三十分も経っていないのに、どう？なんて聞かれても困る。

「早く慣れるように頑張ります」

無難に答えておく。

「かたいね～真面目だね～」

褒められているのか、けなされているのか判断に迷いとりあえず笑っておく。

「さて、君に頼みたいことがあるんだ」

「……はい」

社長からの依頼だ。もちろん「はい」以外の返事ができるわけない。

「来て早々って思ってる？　でも君がここに来るのをずっと待ってたんだ」

ずっとって、まだ十日くらいしか経っていないのに。

心の中で突っ込みながら、顔には出さない。

「すみません、来たばかりで自分に割り当てられる仕事を把握していません。一度桃山室長に確認してもいいでしょうか？」

「あ、その必要はないから。君には俺から特別な仕事を頼むつもりだから、ね？　桃山室長」

「はい。でもまだそのことを彼女に説明していないんです」

気遣わしげに私を見てくる。

「構わない。今説明したから。じゃあ行こうか」

御陵社長が踵を返して歩き出そうとする。

え、え？　今ので説明終わりなの？

戸惑った私は、桃山室長に視線で助けを求める。

しかし「行って」と言われてしまい、私はほうりだされた。

「なにやってる？　早く来なさい。楽しいお仕事の時間だよ」

またあの胡散臭《うさんくさ》い笑顔だ。

「はい」

とりあえず筆記用具と、デスクに置いてあったタブレットを持って、社長の後に続いた。

しょっぱなからこの仕打ち。

もちろん顔には出さないが、心の中ではここでやっていけるのか不安でいっぱいだった。

「さぁ、どうぞ」

案内された先は社長室だ。この五年間、一度も足を踏み入れたことがない。この先もそうそうここに来ることなんてないと思っていたのに。

「そこ、君のデスクだから」

「え？」

彼が指さした先には、立派なデスクが置いてある。社長の使うプレジデントデスクに比べれば小さなものになるが、経理課長のデスクよりも立派だ。

「あの、私は経営企画室に配属になったんですよね」

「あぁそうだよ。で、俺からの特別な仕事を手伝ってもらうつもり。だから近くにいたほうがいいと思って。もちろん経営企画室のデスクも君のものだけど、俺と仕事をするときはそこを使ってほしい。いいデスクだろ？」

なぜそうなるのだ？　そんなにも社長と連携する仕事をするということなのだろうか。本当に自分にそんな重要な仕事を任せるつもりなのだろうか。

「では、秘書の伏見さんはどうなるのですか？」

ここにはひとつしかデスクがない。もしかして本来は社長秘書の伏見さんのデスクだったのではないだろうか？

「伏見の席は秘書課にあるから。つき合いが長い分一緒にいなくても勝手に仕事を進めるから問題ない」

そっちに問題がなくても、こっちにはある。社長室で仕事なんて落ち着いてできるはずがない。

「でも伏見さんを差し置いて、私がここにいてはまずいのではないでしょうか？　経営企画室のデスクでみなさんに教わりながら仕事をしたいと思います」

普段私は長いものに巻かれて生活してきた。逆らったり目立ったりをなるべく避けてきた。波風を立てないことがなによりも大事だと、それを信条に生きてきた。

でもこれは受け入れられない。会社で一番偉い人の意見に今逆らっている。

「うーん、鳴滝さん。ちょっとこっちで話をしようか」

御陵社長は私に応接用のソファに座るように勧めた。もちろん断れずにふたり掛けのソファに座ると、彼はその右手にあるひとり掛けのソファの方に座った。

今後の私の処遇についての話だろう。ここではいつものように長いものに巻かれていては、相手の思い通りになってしまう。

自分の環境を守るためにもしっかりと、しかし失礼のないように自分の意見を言わないといけない。

ただでさえ、経理しかやってこなかった私が、経営企画室に社長の一声で急遽異動になったことを、不思議に思う人がいる。

それならまだいい方だ、私が取り入って自分からこの異動を望んだと思う人が必ず出てくる。世の中、出世したい人ばかりではないのに。

そのうえ社長室にデスクを与えられたとなれば、みんなどう思うだろうか。こんな特別扱いを受けるなんて注目されるに違いない。

それに加えてやっかいなのは、この御陵社長が女子社員の憧れの存在になっていることだ。

見目麗しい御陵ホールディングスの御曹司。お近づきになりたいと思う人は多いだろう。そのうえ秘書のまねごとなどしていたら、本来の秘書課の面々にどう思われるだろうか。

ときに広報活動になど駆り出されるきらびやかな秘書課の面々とは、ずっと一定距離を保って勤務していた。

そんな彼女たちの座るべき椅子に、私は座りたくない。参加する意思のない椅子取りゲームに気が付けば交じっていて、恨まれるなんてことがあっては困るのだ。

誰からも注目されたくない、身の丈に合わない出世だってしたくない。どうかこの気持ちをわかってほしい。

「君はどうにかして、少しでも俺との距離を取ろうとしているみたいだけど」

心の内が読まれているような気がして、ドキッとした。もちろん顔には出さないようにしたけれど。

「伏見は君がこのデスクを使うのを、気にしないと思うよ。むしろ解放されて喜んでいるんじゃないかな」

それだと私が生《い》け贄《にえ》みたいに聞こえるのは気のせいかな。

「君の他に当分俺のお眼鏡にかなうような人は現れないと思うんだよね。だからその机に座るのにふさわしいのは今のところ君しかいない」

残念だけど私の気持ちは一ミリもわかってもらえない。

「私だってお眼鏡にかなうような人間ではありません」

「いやいや、御謙遜を」

あっははと笑っている。こっちは真剣なのになんでこんなに軽いのだろう。

「あんなすごい能力があるのに、どうしてもっと自慢しないの？」

「あんなもの……自慢になんてなりませんから」

過去の苦い記憶が顔をのぞかせる。それを慌てて押し込めた。

「自慢にならないか……。でも俺は君のその能力に期待したい」

その言葉にドキッとする。どうやったら私がしがない人間だと理解してくれるのだろうか。

私が拒否しているのをわかっているのに、なぜ気が付かないふりをしているのだろうか。こうなったらはっきり言おう。

「期待されるのは好きじゃありません。がっかりされるのといつもセットなので」

視線を外して言いきった。すぐに言葉が返ってくると思ったのに返事がない。

相手の様子をうかがうように視線を上げる。すると社長は私をじっと見つめていた。

「どうして俺ががっかりするって決めつけるんだ。それにもしそういう状況になったとしても、それは君の責任じゃないだろう。期待した俺の責任だ」

ハッとした。がっかりした人たちはいつも私を責めるような目で見ていたのに、御陵社長は違うというのだろうか。

「私は悪くないっていうんですか？」

「もちろんそうだ」

当たり前だろうと言わんばかりの顔をしている。

「俺は君の自信のなさや、逃げ腰なところが心底もったいないと思っている。ちゃんとした倫理観も正義感もあるのに及び腰なのが気に入らない。その能力の使い方がわからないなら、俺が使ってやるから安心して」

もうポカンとして話を聞くしかない。

これまで私の周りにいた普通の人とはまったく違う。どう対処していいのかわからなくて混乱する。

「それに本当に困っているんだ。周りが敵だらけでね。だから正しいことができる人間を近くに置きたい。どうにかしてこの会社を立て直したいんだ」

さっきまでとは違い、すがるような眼をしている。本当に同一人物なのだろうかと困惑する。

「あの……私」

「今のこの会社は〝正しい状態じゃない〟とわかるだろう?」

なんとなく、言いたいことはわかる。今回は告発に至ったが、こういった不正や、そこまでいかなくても会社に悪影響を与えている事柄があるのだろう。

長い間経営陣も代わっていなかった。なぁなぁで仕事をしている人もいるだろう。自分の立場や利益だけを追い求める人が、今回の買収についてもまだ反発している。上に立つものを見て下も育つ。

一つひとつは、業績に影響を及ぼすようなものではなくても、それらが緩やかな衰《すい》退《たい》を引き起こしている。

そうでなければ買収されるほど業績が悪化することはない。

「一緒に戦ってほしい」

強い視線に射貫かれる。底が知れない人だと思う。だけど今の彼の言葉は本心だと思う。

その瞳の強さに、惹きつけられる。

自分が必要とされているという事実が、私の心の中にわずかに残っていた承認欲求をくすぐる。

「私が役に立てるのでしょうか」

ダメだ。こんなこと社長に聞いたらダメなのに。彼の口から聞きたい。

「もちろん、君しかできないことがたくさんある」

これまでずっと期待されるのが重荷だった。

だから目立たずに、他人とは一定の距離をとって生きていた。

でも心のどこかで誰かに見つけてほしいと、自分でも気が付かない欲求を持っていたみたいだ。それを社長に見つけられてしまった。

「……ご期待に添えるかどうかはわかりませんが、頑張ります」

言ってしまった。とうとう口にしてしまった。

私の返事を聞いた社長は、それまでとは違い心から嬉しそうに表情を崩す。

「よかった。まあ、俺の誘いを断るやつなんていないよな」

「え？」

ちょっと待って。さっきまでの真剣な態度は演技だったのだろうか。私はそれに騙されてしまった？

まさに洗脳に近い状態だったのかもしれない。

御陵社長には気を付けないといけないと、わかっていたはずなのに。まんまと彼の口車に乗せられてしまった。

後悔したところで引き返せない。社長がそれを絶対に許すはずない。

またあのちょっと胡散臭い笑みを浮かべている。

人生は選択の繰り返しだと誰かが言った。その選択を間違った場合どうしたらいいのだろうか。

ニコニコ笑う社長の前で、私はやっぱりこの人は信用ならないとあらためて思った。

第三章　宝の持ち腐れ

——役に立つ物を持ちながら利用せずほうっておくこと。また、優れた才能を持ちながら、それを活用する機会がないことなどのたとえ。


「タマ～、もうヤダヤダ」

経営企画室に異動になってから、帰宅後のタマを摂取する時間がすごく長くなっている。そうでもしないと爆発してしまいそうだ。

タマのおかげで、私は毎日出勤できていると言っても過言ではない。そのくらいストレスの強い日々を送っていた。

元凶はもちろんあの男、御陵社長である。

みんなが絶賛する高貴なほほ笑みも、私にとっては胡散臭い他ない。

タマを抱っこしてリビングに向かい、そのままソファに座った。いつもはここに座ってしまうとなにもする気が起きないので、一気に家事と食事を済ませてしまう。

でも今日はそれすらできないくらい、心も体も疲れている。

いる私を見て『できた？』って聞いてくるの。ひどくない？」

「聞いて、あの人ってさ『できるよな？』って資料渡して、それでてんやわんやして
今日も今日とて、無茶ぶりに対応していて一日が終わった。

迷惑そうな顔をしているがしばらくは、耐えてほしい。

「タマ～」


そんなエピソードがてんこもりだ。

頑張って作った資料が数秒で返ってきたこともある。しかも具体的な指示もなく。

『その資料を見てどう思った？　なぜそれを君に頼んだと思うんだ？』

そんなふうに言われたって、エスパーじゃないんだからわかるはずない。

にっこり笑いながら、私をいたぶって楽しんでいるのでは？と疑いたくなる。

それが経理課の仕事だったら、経験があるからなんとかなったと思う。具体的な指示もなにもなくて、ただ戸惑う私に彼はなにを求めているのだろうか。

「はぁ、経理課に戻りたい」

期待した方の責任だと社長は言ったけれど、それなら変にプレッシャーをかけないでほしい。

それだけならまだしも、やはり周囲からの視線がつらい。

四条さんは気を使ってわざわざメッセージを送ってくれたりしたが、彼女がそうするくらい、私の話をあちこちで聞くのだ。それもいい話ではないだろう。

男性からは、急激に出世したことに対してのひがみ交じりの言葉。女性からは、イケメンの社長の近くに居座る私に対する嫉妬交じりの言葉。

もちろん一部の人間の話だと理解しているけれど、それまで経理課の片隅でひっそりしていた私にとって、社内の人たちの話題に上るのがつらい。

それもこれも、社長の口車に乗ってしまった私が悪いのだけれど。

あのとき自分でも驚いた。ずっとないと思っていた承認欲求が自分にもあることに。そしてそれをうまくくすぐった社長に、完全に負けてしまった。

自業自得。わかっている。だから自分でなんとかするしかない。

そう言いながらタマに頼ってしまっているのだけど。

「タマ、ご飯食べようか」

よろよろと立ち上がろうとした私の足から、タマがひょいっと降りてソファに丸まった。

タマのご飯を用意して、所定の場所に置くとうれしそうにやってきて食べはじめた。

そのかわいい姿を見て、頭をひと撫でしてから冷蔵庫の中を見る。

「見事になにもない」

これまで平日も自炊をしてお弁当を準備していた。しかし異動になって以降、家事もまともにできない。

非常用に買っていた冷凍のパスタをレンジに入れた後、冷蔵庫で冷えているビールに手を伸ばしそうになってやめた。

なんとか生活を持ち直したい。そのためにはあの仕事に慣れるしかない。自分で決めたのだから頑張るしかない。


「鳴滝さん、午後の会議、君も参加して」

「……はい」

午後の会議と言われて、御陵社長の予定を確認する。参加メンバーは経営陣と桃山室長とそれから経理課長と製造部の部長。

そこまで見て、気が付いた。

「MIHAMAの件ですか?」

「あぁ、君の口から説明してほしい」

私の告発からひと月ほど経っていた。異動の後、経理課と製造部、それから桃山室長が中心となり調査を継続していた。

もちろん私も経理資料の確認を手伝っていた。

でもまさか経営陣に報告する場に呼ばれるとは思っていなかった。

正直気乗りはしない。だから御陵社長も今日になって言い出したのだろう。私の性格をよく把握していて嫌になる。

でも自分が告発した。事件の先行きを見届けてすっきりしたいという思いもあった。

「もっと嫌がるかと思ったのに、意外だな」

「正直言うと気は進まないですけど、自分が言い出したので」

「なるほど。そういう逃げない姿勢は嫌いじゃない」

嫌ってくれてもいいです。クビにならない程度なら。

心の中で言いながら、あいまいにほほ笑む。

会議に出席となれば、いろいろと準備しておかなくてはならない。私は頭の中で段取りを組み立てながら、会議まで備えた。

胃がキリキリする。

会議のはじまりを待つ中、座っていてもそわそわして落ち着かない。

プレッシャーから昼食を食べる気にもなれず、コーヒーだけ飲んでこの場にいる。

「緊張している？」

右隣にいる桃山室長が心配して声をかけてくれる。私が隠すことなく頷くと、反対の隣に座っている今出川課長が「私も同じだ」と背筋を伸ばした。

今出川課長は管理職だ。今までも何度もこういった場にいたはずなのに、なぜ私と同じ気持ちなのだ。

たしかに経理課で見ていた課長とは違う。

「ちょっと緊張しているくらいがちょうどいいよ。ほら、はじまるから」

アドバイスをくれた桃山室長の視線が、会議室の扉に向いた。

そこから経営陣が順番に入ってくる。

しかつめらしい面々に緊張が高まっていく。

大きく息を吐いて気持ちを落ち着けようとする。最後に御陵社長が現れたときになぜだかほっとした。どうしてだ。

疑問に思っていると、すぐに会議がはじまった。

「本日お集まりいただきましたのは、製造部におきまして発生しました横領《おうりょう》事件の報告です。順を追って説明いたします」

桃山室長の声に、参加者の面々の顔がいっそう厳しくなる。元経理担当としては、横領なんて言葉聞きたくない。私たちがどれだけ正しい数字にこだわっているか知らないからそんなズルができるのだ。

「まずは経営企画室の鳴滝から」

「はい。発覚までのあらましを説明します。先日まで経理課に勤務しており、その際の作業中に数字の違和感に気が付きました」

私は具体的にどの数字を見て判断したかを説明した。

その後経緯については、桃山室長から伝えられた。

ＭＩＨＡＭＡは半導体に使うシリコンを扱う素材メーカーだ。サンキン電子創業時からのつき合いがある、売上の八割を我が社が占める小さな会社だ。

事件はＭＩＨＡＭＡの先代社長が病に倒れ、息子さんが後を継いだのがはじまりだった。

調達部門の人間が契約の継続を餌《えさ》に新社長にキックバックを要求したのだ。

先方としては大口の取引先の我が社に切られれば事業継続の危機だ。相手側はこちらの言い分を聞く他なかったのだろう。

経緯を調査している間、私は怒りを覚えた。

うちの会社が仕入れに困っていたときに、手を差し伸べてもらった恩義がある。

事業規模が大きくなった今では、他からも仕入れをしているが、今でも取引を続けている大事な会社だ。その会社をこんなふうに雑に扱った担当者に、怒りを覚えながら調査を進めたのを思い出した。

「今後の処分については、製造部部長と経理課の課長より報告をお願いします」

桃山室長から発言権を受け取った製造部の部長が話を進める。

製造部は経営企画室と経理課から報告を受けた後すぐに先方に話を聞きに行った。

最初は渋った様子だったが、事の経緯を話してくれた。

今回の事件を紐解《ひもと》いていくうえで、向こうが仕入れ担当者とのやり取りを細かく記録していたのが役に立ったそうだ。おそらくいつかこのような事態になるのを予測していたのだろう。

仕入れ担当者も、最初は否定していたものの証拠が揃っているとわかると素直に自分の罪を認めた。御陵ホールディングスに買収されると判明してからは、怖くなってしまいキックバックをやめた。

逆にその行為が、私の目に留まったのだ。

組織の体制や窓口の担当が代わる際は不正も多くなるが、発覚もしやすい。今回は先方の社長交代の際に、不正が行われはじめて、サンキン電子の買収で発覚した。

金額にして三百万円ほど。しかし会社に及ぼす影響は、その程度では済まないだろう。なによりも取引先との信頼関係を取り戻すのは至難の業だ。

仕入れ担当者はすでに謹慎《きんしん》処分になっていて、自主退社は認められない。

今回の件の最終処分がここで決定される。そのための会議だ。

経緯の説明は事前に文書でしてある。今ここで、口頭で説明したのは補足と、最終確認だ。

「なにか意見のある方、いらっしゃいますか？」

進行を務める桃山室長が周囲に声をかけた。

そこで鞍馬《くらま》副社長が手を挙げた。

彼は前社長のいとこであり、サンキン電子のころから副社長をしている。買収に伴い経営陣の入れ替えがあったが、彼はそのまま副社長として残った。

非常に厳しい人で、買収には最後まで抵抗していた。だから新しい会社に残るとは思っていなかったから、意外だ。

今もいろいろと燻《くすぶ》っていることがあるらしく、御陵社長が『俺、嫌われているから』と言っているのは鞍馬副社長の派閥の面々だ。

「製造部部長の責任はもちろんですが、経理課は二年近くもこの状況に気が付かなかった。そこに責任はないのか？」

厳しいところをついてこられた。もちろんもう少し早く気が付けたかもしれない。ただきちんと上役の承認があり、伝票とデータ上の数字が合致していれば、そのまま処理するのが経理の仕事だ。経費であまりにも目に余るものであればもちろん注意はするが、日々の仕入れに関してはなかなか難しい。

今出川課長は青ざめた顔で立ち上がって発言する。

「目の前の日々の業務に追われ、全体を把握できていなかった事実は不徳の致すところです」

仕方ない。経理課は本来ならもっと人がいてもいいくらいなのに、課長を入れて三人しかいなかった。そのうえ買収の手続きで多忙を極めていた。

「では、責任を取ると？」

「いえ……あの」

いい人ではあるが、争いごとの苦手な人だ。上から言われれば頷いてしまうだろう。

「経理課は今回問題提起をしてくれた。それに免じて処分はしない。今後いっそう、目を光らせて注意を払ってほしい。それに鞍馬副社長は旧組織からいらっしゃったのだから、今回のことに関しては責める側ではなく責を負うべき側のはずでは？」

鞍馬副社長の言葉にびくびくしていた今出川課長は、御陵社長の発言にあからさまにほっとした顔になった。

その代わり鞍馬副社長は眉間に深い皺を刻み御陵社長を睨《にら》んでいる。自分に怒りのこもった視線が向けられているのがわかっているのに、御陵社長は無視してひょうひょうとしている。

「今後、よりいっそう適正な会計に努めてまいります」

頭を下げた今出川課長は力が抜けたようにへなへなと隣に座った。

よかったですね。

なんとなく視線でねぎらったら、力なく笑みを浮かべてくれた。

しかしほっとした今出川課長とは違い、鞍馬副社長は不満げだ。

「若造が偉そうに。年長者にそんな態度をとっているようではこの先が思いやられるな。お兄さんの夕翔さんは人望があって素晴らしい方だと聞いていたので、弟のあなたにも期待していたのですが、いやはや」

鞍馬副社長が言った夕翔さんは、御陵社長の兄にあたる人だ。現在は御陵グループの中枢、御陵電気の専務を務めている。将来どちらが後を継ぐか社長としのぎを削っているという話だ。

しかし社長はそんな嫌みもまったく気にしていないようだ。

「兄のもとで働きたいならご自由にどうぞ。では無駄話している時間がないので処分を決定しましょう」

御陵社長の言葉に、鞍馬副社長は奥歯をぐっとかみしめて社長を睨みつけていた。その場の雰囲気は最悪だ。桃山室長が気を使って急いで話を進めた。


会議の結果、仕入れ担当者は業務上横領の罪で解雇。弁済をしているので告訴はしないと決定した。製造部の部長は減俸三カ月。本人も納得の上の沙汰になった。

私は会議後社長室に戻った。社長はまだ戻っておらず、それをいいことに大きなため息をつく。

椅子に座ると体の力が抜けた。自分が思っているよりもずっと気を張っていたみたいだ。

仕事中だというのはわかっているけれど、思わずデスクに突っ伏した。

「おつかれさま」

声をかけられて慌てて体を起こした。

「すみません、仕事中に」

目の前にはいつの間にか戻ってきていた御陵社長がいた。

「いいや、疲れただろう。よく頑張ったな。ほら、これ」

差し出されたのは、缶コーヒーだ。

「好きだろう？」

たしかに私がよく飲んでいるコーヒーだ。もしかして覚えてくれていたのだろうか。

「はい。ありがとうございます」

お礼を言いながら受け取ると、うんうんと笑いながら頷いている。

「そこに座って飲みながらでいいから、少し話をしようか」

社長は自分のデスクに座ると、こちらに体を向けた。

きっと今日の会議のダメ出しされるんだろうな。覚悟をする。

「会議はどうだった？」

「はい。自分のできることはやったつもりです」

「そうか」

ここからキツイことを言われるのではないかと身構える。いつも通り優しい雰囲気でごまかしながら厳しい指摘をされるのだろう。

「ＭＩＨＡＭＡの社長さんには、今回大変なご迷惑をかけた。創業時に助けてくださった会社に不義理を続けずに済んでよかった」

意外だった。もっとドライに考える人だと思っていたから。

「それに今回クビになる仕入れ担当者も、君が気付かなかったらずるずると悪事に手を染め続けただろう。甘い汁は一度吸うとなかなかやめられない。本当に君が見つけてくれてよかった。ありがとう」

「は、はい」

手放しで賞賛されて驚くと同時に恥ずかしい。耐性がないのだから、こんなストレートに褒めないでほしい。

顔が熱い、赤くなってないといいんだけど。

顔をうつむけて、視線を逸《そ》らす。

どぎまぎしながら、ちらっと社長の様子を確認すると、なぜかとても驚いた顔をしていた。

「どうかしましたか?」

「君はうれしいときにそんな顔をするんだな」

「はい?」

唐突に言われて、今度は私が驚く。

「いや、今自分がどんな顔しているかわかってる？」

慌てて両手で頬を押さえる。自分がどんな表情をしているかなんてわからない。

「すごくいい顔だ。それだけ満足のいく仕事ができたんだな」

御陵社長はそう言いながら立ち上がった。そして私の前に来て頭をポンとたたいた。

「おつかれさま。よく頑張ったな」

顔をのぞき込まれて、至近距離に整った顔がある。

近い、近すぎる。

「は、はい」

私は短く返事をして、姿勢を正した。頬はさっきよりももっと熱い。

恥ずかしくてそれをごまかすかのように仕事をしようと、移動してパソコンの画面に向かう。ログインしようとパスワードを入れようとするけれど、失敗して「ポーン」音が鳴り響いた。

そんな戸惑っている私を見ながら、御陵社長はクスクスと笑っていた。


その日の帰宅後。

私は缶ビール片手に、嫌そうにするタマに今日も絡んでいた。

「タマ～聞いて、今日私すごく頑張ったの」

顔を近づけて話しかけたが、素知らぬ顔で毛づくろいをしている。そっけないけれどこのくらいがちょうどいい。

「ふふふ。褒められるっていいね」

普段、平日にはお酒は缶ビール一本までと決めている。でも今日は特別にもう一本飲む。

今日みたいにうれしいときは、自分を甘やかしたい。自分自身を祝ってあげたかった。

いつも仕事には真面目に向き合ってきた。だから〝鉄壁の女〟なんてあだ名をつけられたのもわかっている。

与えられた仕事を正確にこなした。それでいいと思っていた。

でも今日私がやったのは与えられた仕事じゃない。自ら問題提起して、そして他の人の協力を得て解決したのだ。

これまで頑張って報われた記憶よりも、がっかりされた経験の方が多かった私は、いつしか全力を出して努力するのをやめてしまっていた。そうすることで、周囲の期待に応えられなかったときも自分の心を守っていた。

でも一歩踏み出してみてよかったと思う。悔しいけれど御陵社長が私にこの役目を与えてくれたからだ。

久しぶりに達成感でいっぱい。すごく気持ちがいい。

「ふふふ」

少し酔ってふわふわしている。自然と笑い声が漏れた。目をつむるとこのまま眠ってしまいそう。

でも今日はそれでもいいか。幸いお風呂は済ませてある。明日着ていく服も決めてある。お弁当は……一品減らせばいい。

とりあえず今日は自分自身に勝った、勝利の美酒に酔いしれたい。

目をつむると『大袈裟だな』と言う声がどこからか聞こえた気がした。眠りのふちに落ちる直前、ああこれは御陵社長の声だと気が付いた。


御陵エレクトロニクスになってはや二カ月。カレンダーは六月になっていた。

今日は経営企画室内での、仕事の進捗のすり合わせだ。

部屋の中にある打ち合わせブースにメンバーが集まった。

円町《えんまち》さんという女性が「隣いいですか？」と言い、私が頷くと椅子を引いて座った。

「なかなかお話をする機会がなくて気になってたの。よかった、今日少し話ができて」

にっこりと笑うと小さな八重歯が見えた。ピンク色のブラウスや柔らかそうな肩までのふわふわの髪などから、穏やかな優しい雰囲気がする。しゃべり方もおっとりしていて、誰からも好かれるオーラが出ている。

四条さんとはまた違った意味で、私とはタイプの違う人間だ。

彼女は私の一年先輩で、営業部で事務をしていたが二年前に経営企画室に配属になっている。

ここでは七人分の事務仕事を引き受けているようだ。経理課にいた際、彼女にはとくに注意などをした記憶がなかったので、この部署での仕事も正確に仕上げているに違いない。

「鳴滝です。よろしくお願いします」

「こちらこそよろしくお願いします。女性が来てくれてうれしいです」

私は仕事をするのに性別は関係ないと思うタイプだが、人によっては同性がいたほうが落ち着くと言う人もいる。彼女もそういうタイプらしい。

「桃山室長から、事務の仕事を共有しておいてほしいと言われているの、聞いている？」

「はい」

「よかった。じゃあ、この後少し時間をください」

私が頷くと同時に、他のメンバーが全員着席したので打ち合わせがはじまった。

経営企画室という場所は、事業計画を具体的にどのように実現していくかを話し合う。それは短期的なものから、中長期的なものまで様々だ。

各々仕事の進捗状態を報告し合う。

「鳴滝さんは、社長から直接仕事の依頼があるだろうから、そっちを優先して。ただ、円町さんがお休みしたときなんかのために、事務仕事を共有しておいてほしいんだ。経理関係の仕事は鳴滝さんの方がむしろ詳しいと思うんだけど」

桃山室長に言われて私は頷く。

「はい、わかりました」

御陵社長からの依頼があるかもしれないので、大掛かりな仕事は手伝えないが、事務仕事であれば問題ないだろう。

「ごめんなさい。忙しいのに」

円町さんが申し訳なさそうに謝った。

「いいえ。仕事は誰かと共有しておいたほうがいいので」

これまで円町さんひとりで事務仕事をしていたのならば、休暇も取りづらかったのではないだろうか。

「ありがとう。ふふふ」

急に笑い出した円町さんに首を傾げた。

「いや、鳴滝さんって本当に噂通り真面目なのね」

「そう……でしょうか」

噂通りという言葉が気になる。

「気を悪くしないでね。悪い意味じゃないの。でも筋が通ってるからすごくつき合いやすいなって、これから仲良くしてね」

「こちらこそ、よろしくお願いします」

噂の内容が気になるが、知ったところでどうしようもない。

いい話なら常にそうあろうと気負うし、悪い話ならついつい気にしてしまい委縮してしまう。どちらにせよいい影響はない。

「はい、では今月の話はここまで」

桃山室長の締めの言葉で各々は自分の仕事に戻っていった。

「鳴滝さん、こっちにどうぞ」

円町さんに言われるままついていくと、彼女の隣の席に座るように勧められた。

手順の一覧が書いてある用紙を手渡され、事務業務の説明を聞く。

「経理関係の仕事は説明しなくても大丈夫よね？　各自がデータ入力した後このボックスに書類を提出。チェックした後に室長に承認をもらってから経理課へ持っていく」

経営企画室での流れについて説明を受ける。

「あとはみんなのスケジュールはここで確認。鳴滝さんもここに反映させてください」

「はい」

異動してから社長室で仕事をする時間が長かったので、こういう細かい説明をされていない。部署によってやり方が違うことも多い。円町さんは当たり前に知っているだろうと思う内容でも、丁寧に説明してくれる。それもとてもわかりやすい。

実際にあれこれと確認しながら進めていく。

「このくらいかな……あとから思い出したり、手伝ってもらいたい仕事があったりしたらお願いしてもいい？」

「もちろんです」

そこまで難しい仕事はなさそうだ。困ったらその都度確認すればいい。すぐに質問できる環境の職場はとてもいい。

「仕事ができる人が来てくれてよかったわ」

お世辞でも、歓迎してくれるのはうれしい。

「とんでもないことです。経理の仕事しか知らないので、いろいろ教えてください」

「じゃあ、さっそく。必要な書類の多くはこの棚に入ってるの。今日は順番通りに並んでるけどいつもはみんな適当に戻しちゃうから、所定の場所になければこの辺りを探してみてね」

「はい、わかりました」

さっと確認して、説明の続きを聞く。

異動してあらためて知った。自分がどれほど狭い範囲で仕事をしてきたのかと。経費はいろいろな部署で発生するけれど、現場がどうなっているかはこれまで数字でしか判断できなかった。これからはいろいろな要因を複合的にかんがみて仕事をしなくてはいけない。

「とりあえず、今日はこのくらいで」

円町さんが、手元にあったファイルをパタンと閉じた。

「はい。ありがとうございました。そのファイル戻しておきますね」

説明のために円町さんが持ってきたファイルが手元にある。

「でも場所がわからないでしょう？　またみんな適当に片付けてるわ」

私が説明を受けているときに、何人かがファイルを使っていた。見事に場所がばらばらだ。

「いいえ、大丈夫です」

円町さんが取り出すときに場所を見ていたから問題ない。

私が五冊あるファイルを所定の場所に戻す。そのついでに他の人が使ったファイルも定位置に並べた。

「すごい、全部覚えていたの？」

円町さんは目を丸くして驚いている。

「たまたまです。では失礼します」

十七時に社長に呼ばれている。そろそろ社長室に向かって、今抱えている仕事の進捗を伝えなくては。

無人の社長室に入るのはいまだに気が引ける。でも今となっては、私がここにデスクを与えられた意味を理解している。

今、私が主にやっている仕事は不正の洗い出しだ。

買収前から今に至るまで、不審な動きのあるところを調べている。

これまで経理課で、出張旅費や経費の裏付けをとるために、本人に確認する以外で日報や車両台帳を確認したり、ときに取引先を調べたりもした。ひとつの疑問を紐解いていくという、そういった経験が役に立った。

今も、昔も煙たがられる仕事に変わりはないが……。

経理課での仕事も重箱の隅をつつかなくてはいけない機会が多々あった。だから営業担当は私がフロアに入り近づくと露骨に嫌な顔をしていた。

しかし彼らにとって軽微なことでも、小さなほころびが破綻を招く過去だってあった。仕事に慣れてきたら、多くの人が大なり小なりずるくなっていく。一線を越えないように、悪い芽は早めに摘んでおきたいというのが御陵社長の考えだ。

「おつかれさま」

御陵社長が、社長室に戻ってきたので会釈で出迎える。

彼が椅子に座り一息ついたところで、報告をする。

「調べていた宣伝費の件は、経費の扱いについて甘い部分はありましたが、問題はない範囲です。ただ担当者に釘をさしておくべきかと思います」

「わかった。営業部長と広報課の課長には個別に伝えておく」

すんなりと私の意見を通してくれて驚いた。

「いいんですか。私の判断で」

数字などを確認せずに、報告を鵜呑《うの》みにしている。

「君がいいって言うならいい。この会社のことも数字も俺よりもずっと君の方が知っているだろう。それにいろんな〝さじ加減〟もあるだろうし」

たしかにどんなに小さな穴も見逃さない、許さない、となると今度は逆に仕事がしづらくなる。ダメなものはダメだと言ってしまえれば、どれだけ楽だろうかと思う。入社してすぐはその判断が難しかった。

「ありがとうございます」

御陵社長の信頼が心地よい。しかしこれは私にとってよくない傾向だ。

最初は彼の近くで働くのが、嫌で嫌で仕方なかったし転職を考えたりもした。しかし今となってはやりがいを感じるようになってしまった。

ただこれは私の嫌いな波風を、自分で立たせる意味もあるのだ。

生き方としてはきつい。わかっているけれど、認められて信頼されるのはとても気持ちがよい。

だからこそ、自分のこれまでの生き方との違いに戸惑ってしまう。こんなに短期間で自分の考えが変わってしまうなんて、なんだか怖い。

どうして御陵社長といると、これまでの自分ではいられないんだろう。

「この後、予定はあるのか?」

「……いえ。とくには。残業でしょうか?」

「あぁ、半分は仕事、半分はプライベート。俺はぜひ君に一緒に来てほしいんだけど、どうかな?」

「どういう意味でしょうか?」

断るなんてできないのに、どうして私に選択権があるように聞いてくるのだろうか?　仕事だと言ってくれたほうが、割り切れるのに。

「これからある場所についてきてほしいんだ。ああ、直帰になるから荷物まとめてね」

「はい」

大人しく返事をして私は同じフロアにあるロッカールームで荷物を取ると、御陵社長の待つ地下駐車場に向かった。

運転士付きの社用車は、サンキン電子のころには廃止になっていたが、御陵エレクトロニクスになってから復活した。私はもちろん一度だって乗ったことがない。

私が地下に降りると車は準備されていて、すでに社長は乗り込んでいた。

運転士が社長の隣に座るようにドアを開けて待っている。

「お待たせしました」

私が乗り込むと運転士がすぐにドアを閉めて運転席に座った。シートベルトを着用すると同時に車が走り出す。

「今日、伏見さんは一緒じゃないんですか？」

こういうときは同行するものだと思っていたのに。

「あぁ、君がいるから必要ないと思ったんだろ」

「私では伏見さんの代わりにはなりません」

伏見さんは社長の信頼も厚く、またそれだけの仕事をやってのけていた。近くでその仕事ぶりを見ていつも驚かされるのだ。

そんな彼の代理が私では……私が一緒でよかったのかと尋ねる。

「いいんだよ。君の代わりは伏見では無理なんだから」

「……はい」

なんとなく胸がくすぐったい。簡単に口車に乗せられてしまう。自分がこんなに単純な人間だったなんて……でもうれしい。

地下駐車場から地上に出て渋滞気味の街中を車がゆっくりと走る。流れる景色を窓から眺める。

「仕事はどうだ？」

「大変です」

ごまかしても仕方ない。これまでもイレギュラーな仕事の依頼は多々あったけれど、今の仕事はすべてにおいてマニュアルがない。自分で考えてなくてはいけない。

「そうか、やりがいがあるって素晴らしいな」

そのポジティブすぎる思考がうらやましく思える。

「あのどちらに向かっているんですか？」

「ん～今から鞍馬副社長と会食なんだ。でもおっさんとご飯食べても楽しくないだろ。だから君を誘った」

「……そ、そんな」

鞍馬副社長、先日の会議でも厳しい意見を何度も言っていた。できればあまり関わりたくない。

「露骨に嫌な顔をしない。まぁ、俺も嫌だから君を誘ったんだけど」

思わず御陵社長に強い視線を向けてしまった。

「道連れにして、すまない。同席してくれて助かる」

肩をすくめるその姿は、全然悪いと思っていない態度だ。

「社長なんて立場になると、嫌な相手ともうまくやらないといけないんだ。狐《きつね》か狸かわからない相手の腹をさぐらないといけない。君がいてくれて心強いよ」

聞いているだけで胃が痛くなりそうだ。

「それより鳴滝さんは、飲み会とかあまり参加しないようだね」

「はい」

ある程度は調べるのは当然だと思うので仕方ない。〝鉄壁の女〟っていうあだ名まで把握していたのだから、私が会社で周囲とどういうつき合いをしてきたかわかっているだろう。

「それはどうして？」

「猫がいるので」

言い訳にしてごめんタマ。心の中で謝っておく。もちろん全部がうそではない。気を使う飲み会に参加するくらいなら、タマと家で過ごしていたほうが楽しい。

「そうだったね。君は猫を飼っていた。一度見てみたいな」

「猫、お好きなんですか？」

はじめて御陵社長との共通点が見つかりそうで思わず質問してしまった。

「いや、君がどんな顔して猫と戯れているのか興味があるんだ。きっと絶対に職場ではしない顔をするだろうな」

思わず社長の顔をじっと睨んでしまった。

「おい、そんな目で見るな。悪かった」

反省しているのか、していないのか、私は返事をせずに外の景色に視線と意識を移した。

私の話は終わりという合図を受け取った社長も、それ以上はなにも言わず目的地まで黙ったままだった。


大通りから一本入ったところ、日本家屋の前に車がゆっくりと停まる。

都会の中の立派な数寄屋門《すきやもん》。そこでは女性従業員の方が「いらっしゃいませ」と出迎えてくれる。中に入ると苔《こけ》むした石畳や石灯篭《いしどうろう》など歴史を感じさせる庭を通り案内された。

「お連れ様がお待ちでございます」

「あぁ、案内をお願いするよ」

こういう場合、秘書の伏見さんの代わりに私がお店の方とやり取りをしなくてはいけないのだろうが、あいにくこんな高級店に足を踏み入れた経験はなく、緊張してそれどころではなかった。

御陵社長は緊張する私に小さな声で伝える。

「おいしいもの、たくさん食べるだけだから」

絶対そんなはずない。腹の探り合いが繰り広げられる戦場のはず。どうか流れ弾が当たりませんように。

想像すると胃が痛くなるが、ここまで来たら覚悟を決めるしかない。

ふと隣の部屋の障子《しょうじ》が開いているのに気が付いた。そこには鞍馬副社長の秘書が手帳を開いて難しい顔をしている姿があった。

案内係が中に声をかけ返事があってから、障子を開けた。私は意識を座敷の中に切り替える。

すぐに御陵社長の背中の向こうに鞍馬副社長の顔が見えてより緊張が高まった。威厳のあるその姿は近寄りがたい。

御陵社長と違い、いつも眉間に皺を寄せているいかめしい人物だ。

「おまたせしました」

社長の後に続いて、頭を下げながら中に入る。

「失礼します」

挨拶をすると、鞍馬副社長は驚いた顔をしていた。

「てっきり伏見君を連れてくるものだと思っていたのに、意外だな」

「いえ、せっかくなので花があったほうがいいかと思って彼女に同行を依頼しました。先日の会議にも出席していたのでご存じかと思いますが、経営企画室に異動になった鳴滝です」

「鳴滝沙央莉です」

これ以上なにを言えばいいのかわからずに、名前だけの自己紹介をした。確実に花にはなれないが許してほしい。

「あぁ、そういえば君もあの場にいたような気がするな」

頑張って発言していたのに、どうやら記憶にすら残っていなかったようだ。まぁ、印象が薄いのも取柄のひとつだから。

「御陵社長が気に入っているなら、優秀な人材なのでしょう。今後の活躍が楽しみだな」

笑った顔が逆に怖い。御陵社長のなにを考えているかわからない笑みも嫌だが、恐怖を感じる笑みも嫌だ。

きっとこの後、私がどういう人物なのか詳しく調べるのだろう。

お互い表面では笑っているのに、まったく信頼していないのがわかる。

お酒と料理が運ばれてきても、私の胃のきりきりは一向に治まらなかった。

食事中は「これ、私が聞いてもいいの？」というような話題を耳にしながら、緊張で味もわからずとにかく咀嚼《そしゃく》に努めた。

理解できなくても話の内容と、鞍馬副社長の様子だけは記憶にとどめるようにした。

御陵社長が期待しているのはこういうことだろうし、私もそれくらいしかできないから。間違っても〝花〟になるだなんて思っていないのは承知している。

食事が終わりかけになり、お手洗いに立った。あと少し我慢すれば会食は終了となるだろうが、そのあと少しが我慢できずに一度緊張を解くために席を立つ。

靴を履いてお手洗いに向かう。同じタイミングで隣の部屋に男性が入っていった。

ピカピカに磨かれた靴が印象的だ。

障子が閉まり切る前に、副社長の秘書と男性が挨拶をしている姿がちらっと見えた。

秘書さんに来客？

ボスが会食をしている間に、自分も他の人との打ち合わせをする。よくあるのだろうか。鞍馬副社長は厳しい人だからそういうのをよくは思わなそうだけれど。

自分が秘書業務をしないので、他の秘書はどうなのかどうかまったくわからない。

いけない、こんなところで油を売っている暇はなかった。私は慌てて本来の目的であるお手洗いに向かった。

行きと同じ車に乗り込み、会食の店を後にした。車に乗り込んだときには、ほっとして体の力が抜けた。

「おいしかっただろ？」

「はい」

超がつくほど高級な食事だったはずなのに、なんの味も覚えていない。悔しいけれど、あの状況で食事を楽しめるほど強い心臓も持っていない。

「うそをつかなくていいのに。緊張して味がわからなかったんじゃないのか？」

わかっていて聞いてきたの？　御陵社長はこういうちょっとした意地悪めいた言葉を私に仕掛けてくるのだ。

からかっておもしろがっているふしがある。

「じゃあ、反省会といこうか」

「え？」

私が戸惑っているうちに、御陵社長が運転士さんに行き先を告げる。

「あ、あの。まだどこかに行くんですか？」

「あぁ、いいところ。もう少しだけつき合って」

得意げに言った彼は、そのまま機嫌よさそうにタブレットの操作をしはじめた。しつこく聞けずに、私は大人しく彼に連行……もとい、つき合う羽目になった。

車がゆっくりと減速して、一軒の店の前に停まる。

運転士にドアを開けてもらい外に出る。その途端じっとりとした空気が体にまとわりつく。後から出てきた御陵社長について階段を下りた。

半地下にあるメタリックなドアを開けると、バーカウンターが目に入った。

「悪いね。急に」

「いいえ。御陵様お待ちしておりました」

入口に看板がなかったが、どうやら御陵社長の行きつけのバーらしい。

「どうぞ」

先に中に入るように言われて、それに従う。本来なら部下である私が御陵社長を先に案内するべきなのに、まったくもって気が利かない部下で申し訳ない。

「すみません」

「別に、秘書の代わりなんてしなくていい。今は完全プライベートだし」

「でも……」

「いいから、座って」

バーカウンターの中のスタッフが「こちらにどうぞ」と席に案内する。少し奥まったところに、御陵社長と並んで座った。

「俺はビールで……彼女は……っと、なににする？」

「私もビールでお願いします」

いろいろと種類がありそうだが、変に酔ってしまったら迷惑をかける。こういうときは飲み慣れたものに限る。

「ここ、食事もおいしいんだ。さっき全然食べてなかっただろ？　好きなものどうぞ」

メニューを見ると、バーだと思えないくらい食事の種類も多い。

「すごいですね。どれにしよう？」

現金な私の体は、メニューを見たら急にお腹がすいてきた。

「じゃあ、ピザをお願いします」

スタッフは、私たちのビールを用意しながら頷く。

「俺は、ポテトサラダとビーフシチュー」

社長も会食では会話に注力していた。きっとお腹がすいているのだろう。

ふたりの前にビールを置くと「かしこまりました」と言ったスタッフは料理の用意に取りかかった。

「おつかれさま。今日はありがとう」

「いいえ、いただきます」

御陵社長がグラスを掲げたので、私も慌ててまねる。

グラスに口をつけながら隣を見ると、豪快にごくごくとビールを飲み干す姿があった。

「はぁ、うまい」

「はい」

たしかによく冷えたビールが、のどを潤していく。

「同じビールなのに、さっきのとは全然味が違うな」

「そうですね」

そこは激しく同意する。どんなにおいしいと言われている料理でも、状況で全然味が変わってくる。

「よかったよ。君にとって俺が、一緒に食事をしておいしいと思われるくらいの相手で。副社長よりは嫌われてないいってことだろ？」

御陵社長の言葉に動揺して、思わずビールをこぼしそうになったがなんとか耐えた。

「誤解があるようですけれど、決して嫌ってはいませんから」

たしかに面倒ごとを運んでくる避けたい相手ではあるが、嫌いではない。上司としては尊敬できるし、彼に与えられた仕事の達成感は気持ちのいいものがある。

「それならよかった。今日はしっかり機嫌をとらないとな」

肘をついたままにっこり笑ってこちらを見る姿は、いつもの社長のときの彼とは違ってとてもリラックスしているように見えた。

そうこうしているうちに、私が注文したピザや御陵社長が注文したポテトサラダやビーフシチューが並ぶ。

「いただきます」

御陵社長が手をつけるのを見てから、私もピザを食べる。熱々のピザを手にとるとチーズが伸びた。ひと口頬張ると、おいしくて目を見張る。私好みのふっくらとした生地と数種類のチーズが口の中に幸せを運んできた。

「おいしい……まさかこんなにおいしいとは思いませんでした」

素直な感想を伝えた。

「そうだろう、ここは食事もいけるんだ」

まるで自分が褒められたかのように喜んでいる。普段から比較的親しみやすい雰囲気ではあるが、それとはまた違う、純粋に楽しそうだ。

「これも食べてみて。マスタードが効いていてうまい」

進められるままにポテトサラダを食べると、たしかにピリッとしていて、大きく切ったベーコンの塩味も効いている。

「ほんとだ、おいしい」

カウンターの中のスタッフと目が合った。小さな声で「ありがとうございます」と返ってきた。

「やっと緊張が解けた顔になった」

私の顔をのぞき込んで満足そうにしている。

「そんなに、わかりますか？」

「あぁ。毎日君の顔を見ているからね。君は自分の感情を上手く隠しているつもりかもしれないが、結構わかりやすい」

「えっ！」

私は慌てて顔を隠した。勢いよくやりすぎて眼鏡が鼻頭に当たって痛い。

「ははは、そういうところだ。ほら、もっと食べて」

「はい」

今も私の感情がだだ漏れなのだろうか。だとしたらかなり恥ずかしい。

私は羞恥心から耳を赤くしながら、ピザを頬張った。真横からの視線を感じながら。


食事を終えた後は、タクシーに乗った。

ちなみにバーに移動した時点で、プライベートな時間だからと社用車は帰らせている。小さなことをきっちりとする社長の姿勢をさすがだなと思った。

上にいるべき人間が手本を見せるというのは、あたりまえだけれど大切だ。

社長は先に私を送ってくれるそうだ。本来ならば辞退するべきだろうけれど、疲れ切っていた私はお言葉に甘える。

そう考えると、社内の人とはできるだけ距離をとりたいと思っていたはずなのに、御陵社長の提案は受け入れてしまっているから不思議だ。

少し酔った頭で考えているとふと、社長の靴が目に入る。

「そう言えば……」

「ん?」

「あ、いえ。なんでもないです」

隣の秘書さんの部屋の前にあった靴が思い浮かんだ。

「最後まで話して。途中で止められると気持ち悪い」

不満げな顔でこちら見ている。たしかに今のは私が悪かった。反対の立場なら私も気になるだろう。

「本当にどうでもいい話なんですが、副社長の秘書が隣の部屋でどなたかとお話しされていたんです。こんな時間まで社外で仕事なんて大変だなぁって思って。その相手の方の履いていた靴が社長のと似ていて思い出した、それだけです」

「ふーん。なるほどね。顔は見た？」

「はい。少しですけど」

なにに対する〝なるほど〟なのかはわからなかったけれど、なぜだか上機嫌になりニコニコしはじめた。

近くにいればなにを考えているのかわかるようになるかと思っていたが、やっぱり御陵社長の考えはわからない。

機嫌よく窓の外を眺める御陵社長は、車内で人目を気にしなくていいせいか、それとも少しお酒を飲んでいるせいなのか今日はまとう空気がとにかく柔らかい。

彼の目元がほんのりと赤い。きっとお酒はそこまで強くないのだろう。少々酔った美丈夫の色気にこちらが酔いそうになり、慌てて目を逸らした。

窓の外を流れていく景色を眺めていると、あっという間に自宅マンションの近くに来た。

「このあたりで結構です」

運転士さんに声をかける。

「遅いから、自宅前まで送る」

御陵社長の言葉に首を振る。

「いえ、そこまでしていただくわけにはいきませんので」

「〝猫を見ていきませんか？〟とかって誘われるかと思ったのに、残念だな」

「誘いません」

はっきりと断った私を見て、なぜだか御陵社長はうれしそうに笑っていた。

ともすれば失礼な態度なのに、咎めずなぜだかニコニコしていた。こういう人だから、私でも一緒に仕事をしていくことができるのだろうけれど。

やっぱり、よくわからない人だ。

結局御陵社長がゆずらないのでマンションの前まで送ってもらうことになった。到着したところで問題が発生する。

マンションの入口のところで、酔っ払いが通りすがりの人に声をかけているのだ。

「大丈夫なのか？」

「急いで通り過ぎれば問題ないですから」

さっと通れば大丈夫だと判断したけれど、御陵社長は納得しない。

「部屋まで送っていく」

「いいえ――」

「でなければ、降ろさないからな」

ぐいっと手首をつかまれた。

「……わかりました。お願いします」

ここまで言われると断り切れない。強引だとは思うけれど私を心配してのことなのでなおさらだ。

タクシーを待たせておいて、私は階段を上がり部屋の前で鍵を開ける。

「ありがとうございました」

「中に入るまで待つ」

本当に強情だと思いつつ、言い争っても仕方ない。ドアを開けるとそこにはタマの姿があった。

「タマ～ただいま。いい子にしてた？　……あっ」

思わずいつも通りに、抱き上げて頬ずりしてしまった。完全に御陵社長の存在を忘れてしまっていたのだ。

彼の方を見ると、これまでで一番驚いた顔をしている。だって言葉を失くすようなシーンは今まで一度もなかった。

「これは、あの、その……」

慌てて弁明しようとするけれど、なにをどう言って取り繕えばいいのかとっさに出てこない。

「君はそんな顔もするんだな、なかなかいい」

これまでで一番驚いた顔の次は、これまでで一番の笑顔をしている。なぜなの？

私はもうこれ以上どうしていいかわからずに、逃げると決めた。

「きょ、今日はありがとうございました。おやすみなさい」

勢いにまかせてドアを閉めると、外からは「ははは」と楽しそうな笑い声が聞こえてきた。

「ちゃんと戸締まりをして、おやすみ」

優しげな声と、ドキドキを残して御陵社長は帰っていった。

副社長との食事会があってから数日後。

よく晴れた日の昼下がり。昼食後でうつらうつらする暇もなく、私は必死の形相で仕事をこなしていた。

「鳴滝さん、この間依頼したものの追加分データ、送ったからよろしく」

必死な私をあざ笑うかのごとく、御陵社長からの新たな仕事が増えていく。

「はい」

会話の最中なのにどんどんメールが送られてくる。追加といっても最初の分量よりも多いではないか。

心の中で泣きながら、すぐに処理にかかる。

「あ、それと最後に送ったデータの人物について、なんでもいいから調べて」

「なんでもって……」

「今度口説く相手なので、情報がたくさんほしい」

口説く？

パソコンの画面から顔を上げて、御陵社長を見るとにやっと笑った。

それから送られてきたデータを見ると、そこには日本最大の自動車会社の社長の個人データがあった。

「口説くって、女性だと思った？」

図星を指されたけれど、そしらぬ顔で返事をする。

「いいえ」

「冷たいなぁ。タマにはあんなに甘い声で接するのに」

「な、なにをおっしゃってるんですか！　そんなことありません」

この間の出来事をしっかり覚えているようだ。

「あんなに優しくしてくれるなら、俺も猫に生まれればよかった」

「私が甘いのはタマにだけです」

今更隠しても仕方ない、私はきっぱりと言い切った。

「本当につれない。『口説く』って言えば少しは、ヤキモチやいてくれるといいなと思ったんだけど」

なにが楽しいのかクスクス笑っている。

「仕事ではヤキモチはやきません」

「じゃあ、恋人にはヤキモチをやくのか？」

わざとからかうような質問をしてくる。

「いいえ、私はヤキモチはやきません。生産的ではないので」

強がって言ってみたが、実際にヤキモチをやく相手すらいない。そしてそもそも御陵社長は私がヤキモチをやくような相手ではない。

「……なるほど、貴重な意見をありがとう」

お礼を言われるような発言はなにもしていないけれど、機嫌がよさそうなのでほうっておく。

『クンペル自動車《じどうしゃ》株式会社』は世界に名をとどろかせる、国内ナンバーワンの自動車メーカーだ。

そこの社長、仲間《なかま》氏について調べろという指示だった。

ただ私が受け取った資料には、すでに様々な情報が記載されている。

「あの、ちょっとよろしいですか」

「どうぞ」

御陵社長はキーボードの上に指をすべらせながら、私に耳を貸す。

「すでにかなり細かい情報がこちらにありますが、ここにある以上のものが必要なんですか？」

彼はパソコンの画面から視線を上げて、私の方を見た。

「そうなんだ。新しい製品で使う半導体を我が社のものにしてもらいたい。各社諸々と働きかけている様子なのだけれど、まだどこも口説き落とせていない」

そこで頭ひとつ抜きん出る作戦を考えるってわけね。

「仕事相手については徹底的に調べるようにしているんだ。仕事に関係ないところから思わぬお宝を掘り当てたりもする。だから今回は慣れた伏見ではなく、鳴滝さんにお願いしたいんだ。新しい視線でなにかを見つけてほしい」

「はい」

おそらく他の人の記憶には残らないようなことが、私の頭の中に残る。そういう小さな積み重ねで得られる情報を期待されているのだろう。

ただ……必ず役に立つとは限らない。時間の無駄になる可能性も大きい。

期待が大きくてプレッシャーになる。

ただ記憶するだけでなく、その先を求められているのだ。

返事をしてすぐに、検索サイトで名前を調べた。すでに手元にある情報でも、そこからなにかに気が付くかもしれないからだ。

——しかし、まぁそう上手くいくはずもなく。新たな有益な情報は得られなかった。

救いなのは、猫好きらしくほわほわしたマンチカンと一緒の写真が何度も出てくることだ。仕事中に猫が接種できてうれしい。

正直『はい』と返事したものの、公にしている情報以外出てくるとは思えない。砂漠の中から、砂金を見つけるような作業でげんなりする。もちろん顔には出さないけれど。

やれと言われれば「はい」以外の返事を許さない人だ、御陵社長は。物腰が柔らかいからと騙されてはいけない。

先日たまたま四条さんに会ったときには、御陵社長についていろいろと聞かれた。外から見る分には目の保養になるが、近くにいるのは大変だ。疲れた私の表情を見た四条さんは『ご愁傷様』とだけ言い残して去っていった。

御陵社長は遠くから見ているのが一番いいとわかってくれたのだろう。

小さくため息をついていると、パソコンに設定していたアラームが鳴った。

今から円町さんの仕事を手伝う予定になっているのだ。

「経営企画室に行ってきます」

私の声に御陵社長はゆっくり頷いた。

急いで階段を下りて経営企画室に向かう。約束の時間まであと五分、遅刻したわけではないがすでに円町さんは資料を準備して待っていた。

「すみません遅くなりました」

「いいえ、まだ時間前だから」

優しくほほ笑む彼女を見ると、少し見習わなくてはいけないと思う。

真面目と同率一位くらい愛想がないと言われてしまう私。経理という狭い範囲での仕事だったので、これまではとくに問題なくやってきたが、先日のような会食の場では今日の円町さんのような笑みを浮かべるのが絶対に正しいのだ。

しかし人には得意不得意がある。努力する前に結論づけてしまった。そうとなったら自分の得意分野で頑張るしかない。

「面倒な仕事を頼んでごめんなさい。どうしてもこの部分のデータが必要なの」

サンキン電子時代、紙で保存していたものは経理のデータだけではない。そこかしこにあるものを、必要なときに現在のシステムに落とし込む作業が必要だ。買収でまたシステムが変わりそうなのに……と思わなくもないが、今そんなことを言っても仕方がない。

黙々とデータ化をしていると「すごいわね」と言われて手を止めた。

「いいえ、得意なんです。こういうの」

「それでも、一度見たものを間違いなく打ち込んでいるでしょう？　覚えられるの？」

「経理が長かったので」

説明になっていないのはわかっているけれど、すぐに記憶してしまうこの能力は理解されづらい。説明するのもおっくうだなと思っていると、円町さんの右手の薬指に指輪があるのに気が付いた。

「それ素敵な指輪ですね」

先週はつけていなかったはずだ。華奢《きゃしゃ》で繊細な造りが、白くて細い彼女の指にぴったりだ。

「あ、ありがとう」

顔を見ると恥ずかしそうに、照れている。

「彼氏さんからですか？」

「そうなの。まさか鳴滝さんが気が付くなんて意外だったわ。あまりそういうのに興味なさそうだったから。ごめんなさい、こんな言い方失礼ね」

「いいえ、実際あまり興味はないので」

私にとって恋愛ごとは小説やドラマの中の話だ。流行にも敏感なほうではない。

円町さんの言う通り、清潔でその場にふさわしければ身に着けるものにこだわりがあるわけではない。事実アクセサリーには興味がなくほとんど持っていない。

今回あえて彼女の指輪の話を口にしたのは、自分の話題から逸らしたかったからだ。

「つき合って三カ月目の記念にって」

「素敵ですね」

うれしそうにしている円町さんを見るとなんだか胸がほこほこした。自分には縁のない話だけど、幸せそうな人を見るのはいい。

「鳴滝さんって、もっと厳しい人かと思ってました。よかった、こういう話もできて」

「おもしろい話はできないので、聞くだけですけど」

これまでは社内の噂話を聞いて、グループ同士のいざこざに巻き込まれたくなかったからこの手の話は一線引いていた。

人が集まれば、いくつかグループに分かれる。それぞれ考えがあるのだろうけれど、私にとってはメリットよりもわずらわしさが勝つ。協調性がないと言われればそうだろうけれど。自分の興味のない話につき合うのが苦痛だ。

でも四条さんや今出川課長とは雑談も交わす。ふたりは自分の考えを押しつけてこなかったし、私を尊重してくれていた。

円町さんとはつき合いは短いがその振る舞いから、私が苦手な群れるタイプではない。不用意に噂話を流布するタイプでないように思えた。こういう人との少しの雑談は息抜きになるだろう。

　仕事で関わる人が、穏やかな円町さんでよかった。

「ねえ、鳴滝さん。よかったら今度ランチに行かない？」

「……すみません。いつもバタバタしているのでいつお昼を取れるかわからなくて」

　本当は昼休憩くらいひとりでゆっくりしたい。異動後神経をすり減らしているからなおさらだ。いい人だと思っているが、それとこれとは話が別だ。

　経理課にいたときは、四条さんはそれを知っているので何度断っても嫌な顔せずにまた誘ってくれていたのだが……。

　ただ、気を悪くさせたいわけではない。

「ふふふ、無理に誘ってごめんなさい。ちょっとどうかなって思っただけだから」

　円町さんは、私がどういうタイプの人間なのかだんだんわかってきたようだ。

「すみません」

　周囲に上手に合わせられる人間でなくて申し訳ない。

「さて、あと少しだけ手伝ってくださいね」

「はい」

　私たちは再度気合を入れなおして、残りのデータ入力を済ませた。

一日働いて帰宅後。

食事とお風呂を済ませて明日のお弁当の下ごしらえをしたら、私はソファにゴロンとなった。

今日は自炊できたので、なかなか有意義な一日として終えられそうだ。たとえ朝干した洗濯物がまだそのままだとしても。

今日はもう一ミリも動けない。

あれこれと仕事を抱えて、どれもかなりのボリュームだ。経理作業と違い、やり方が決まっていない分、手探り状態で進めなくてはいけなくて、ストレスがたまる。

とくに今日言われたクンペル自動車の社長の情報など、いったいどうやって調べればいいのか。

「タマ〜来て〜」

タマを撫でたくて呼んでみたけれど、お気に入りのクッションの上で寝ていて無反応だ。

残念だけど、それがタマというものだ。帰宅後もモフモフしたのだから我慢するしかない。

時計を確認すると、まもなく二十二時になるところ。寝るにはまだ少し早い時間だ。

このままベッドに入るのはなんだかもったいない気がしてＳＮＳを徘徊《はいかい》してしまう。

タマに断られた反動で、見るのは猫の写真ばかりだ。

「はぁ、背中に顔をうずめたい」

思わず声が漏れる。

何匹かお気に入りの猫ちゃんがいて、それを夜な夜な見にいっては癒やされている。

しかし今日のＳＮＳの徘徊はただの趣味ではない。ちょっと気になるところがあるのだ。

「はぁ、かわいい」

画面にはふわふわの毛の長いマンチカンがお腹丸出しで寝ている。

大学生がアップしているようだが、大豪邸の中を優雅に三匹のマンチカンがあちこち行き来する姿がなんともかわいらしい。

猫が目的で見ていたＳＮＳだが、この女子大生の暮らしぶりも垣間見えて興味深い。

モデル顔負けのスタイルにアイドルのような顔。いわゆるインフルエンサーのようで、ときどき化粧品や入浴剤などのＰＲをしている。さすがに半導体を使ってもらえそうにないので、うちでは使えない手法だ。

それよりも気になるのが、最新型のクンペル社の車を運転している。たしか今日ちらっと調べたところだと、注文して二年ほど待たないと手に入らないらしい人気の車種だ。

そのうえこの子がいつも抱いているマンチカン……クンペル自動車の社長の仲間氏が大切にしている猫とよく似ているのである。

「やっぱり同じ猫だわ」

見比べてみると、そっくりだ。そして背景に写っている家具も同じ。

この女子大生はクンペル自動車の社長の家族なのではないか。

過去にさかのぼって見ていくと猫の写真も多いが、学校の様子や、旅行の様子、おしゃれなカフェや、飲み会にサークル。

こんなにもよくアップする出来事があるなと感心する。この間までは彼氏との写真が頻繁にアップされていたのだけど、最近は出てこない。別れてしまったのだろうかと下世話な想像をしたり……その中に家族についてもたくさん綴《つづ》ってある。

【パパの大好物のおでん。ママの作ったのが一番だって言ってるけど、本当はコンビニのおでんも好きだし、屋台のおでんも好きだって知ってる。家族だけの秘密、あ、ここで言っちゃった】

父親の顔は隠されているが、父娘でどこかの屋台のおでんを食べている。そしてこの写真で確認できる父親がつけている時計や結婚指輪が、クンペル自動車社長と同じものだ。

「おでん……」

さかのぼると、【パパとおでん】というワードがかなり出てくる。相当好きなのだろう。冬場は毎日おでんでもいいくらい好きらしい。

私は嫌だな。せめて月に二回までかな。

そんなことを思いながらそのままソファで眠ってしまった。

経営企画室での朝礼を終えて、私は社長に依頼された仕事をするために社長室に向かう。

「失礼します」

「はい」

中から聞こえてきたのは、秘書の伏見さんの声だ。

「すみません、出直した方がよろしいでしょうか？」

「いや、問題ない」

私はふたりの会話を邪魔しないように与えられたデスクで仕事をはじめた。

「鳴滝さん、昨日送ってもらった資料よくできていた。ありがとう。それともうひとつ依頼したものについて、進捗はどうなってる?」

もうひとつというのはクンペル自動車の社長についてだ。にっこり笑っているが、その裏で早く出せという心の声が聞こえてくるようだ。

ただ有力な情報はほとんどない。新しい情報といえば〝おでん〟くらいだ。

「どんな情報でもいいんですよね」

「もちろん。驚くような情報をください」

……驚くような情報。〝おでん〟の話題を出せば間違いなく驚くだろうけれど。同時に叱《しか》られそうだ。真面目にしなさいと。

腕を組んでニコニコしている。秘書の伏見さんも興味深そうに耳を傾けていた。逃げ場がない。追い詰められた私は決心した。

「詳細は後で提出いたしますが、あの……気になるのは〝おでん〟ですかね」

自信がなくて声がだんだん小さくなった。

「なに?　もう一度言って」

やっぱり言わなければよかった。あれから時間をかけて調べたけれど、ネットを見ればすぐにわかるような情報ばかりだった。目新しいのは〝おでん〟だけだ。

「あの、社長は無類のおでん好きだそうです」

一度発言してしまった。後戻りはできないのでもう一度はっきり言った。

それなのに御陵社長も伏見さんも無言で私をただ見ている。

しばらくまじまじと見られた後、社長が急に声を上げて笑い出した。

「ははは、いい情報だ。それは誰も知らないかもしれない」

聞いたことないくらい大きな声で笑っている。

こっちは必死なのにそんなに笑わなくてもいいではないか。

恥ずかしくて顔が赤くなる。

「社長、そんなに笑っては失礼ですよ」

伏見さんがとりなしてくれる。だた彼も先ほど私から顔を背けて笑いを耐えていたのを私は知っている。

「いや、失礼。でもどうやって調べたんだ？」

「いえ、もう結構ですので」

あそこまで笑われて、これ以上話す気になれない。

「すまない、失礼だった。ただクンペル自動車の社長は公の場にあまり出てこないんだ。会食や接待の回数もものすごく少ない。どんな情報でもほしい」

真剣な表情になったので、私は自分のスマートフォンを取り出して例の女子大生のSNSのページを開いて見せた。

「個人的にこの猫ちゃんが好きでずっと追っていたんです。それで調べているときにこの五年前まで仲間社長が経済誌に連載していた記事に出ていた猫と同じ猫だと気が付いて」

私は当時の雑誌記事のバックナンバーを見せ、そこにある彼の飼い猫の写真と、SNSで見つけた猫の写真を見せる。

そこからクンペル社の自動車が自宅に多くあること。パパと言われる人物の腕時計が、仲間社長と同じであることから情報を得たと説明した。

「これは……まさか猫からたどりついたとは」

伏見さんは驚いているようだった。

「たまたま、運がよかったんです」

「いや、それでも気が付かずにスルーする人がほとんどだ。クンペル自動車とは取引がないんだが、どうしても今後取引をしたい。だからどんな可能性にもかけようと思う」

自身のタブレットでSNSを見ながら社長が真剣な顔で言った。それを聞いて今度は私が驚いた。

まさかこんなに必死に小さな糸口をつかもうとするなんて意外だった。

もっと優雅に数字を見て利益を求めるタイプだと思ったのに、こんなに泥臭いやり方を取ろうとするなんて。

私は御陵社長を底の知れない人だと思っている。たしかにそうだ、でもＭＩＨＡＭＡのときは、古い取引先を大切にしようとしていた。いつもいい意味で裏切られている。

「なかなかおもしろい情報ですね。ちょっと行きつけのおでん屋さんを調べてみます」

伏見さんもノリノリだ。まさか本当におでんが役に立つなんて。

「鳴滝さん、やっぱり君はおもしろいな。ご褒美にもっとたくさん仕事をあげよう」

「……」

言葉が出ない私に、伏見さんは「ご愁傷様」と声をかけて社長室を出ていった。

十月中旬。例年よりも気温が低い日が続き、朝晩の外出時には薄手のコートがそろそろ必要になってきたころ。

そんな中私は御陵社長とともに、公園の中を歩いていた。

「疲れている中、悪いね。ひとりだと時間が経つのが遅くてさ。君がいてくれてよかった」

中学生のころから個人行動をしていた私には理解できない。ひとりの方が快適に過ごせるのに。

どこに行くかはもうわかっている。先週と今週で合わせて三回目だからだ。

「そろそろおでんも飽きたね」

「はい」

「そこは〝大丈夫です〟とは言わないんだね」

「すみません」

思わず本音が出てしまった。

クンペル自動車の仲間社長行きつけのおでん屋さんを突き止めたのは、伏見さんだった。

そこで御陵社長とふたりでその屋台に行ってみたのだけれど、これまで二回は空振りに終わった。

「あぁ、早く現れてくれ」

御陵社長の心の声が漏れてしまっている。

待ち伏せなので会えないのは仕方がないけれど、わざわざ社長がここまでするなんて。

「お疲れですよね。あまり無理なさらないように」

一緒に仕事をしているので、彼がどれほどの激務の中、今ここにいるのかわかるから心配になる。

すると社長は立ち止まって私の顔を見る。

「鳴滝さんが俺を心配してくれるなんて、はじめてのような気がする」

「……そうでしょうか」

たしかに普段、余計な話はしないようにしている。それは御陵社長に対してだけではないけれど。

でもなんとなく……不器用にがむしゃらに手を伸ばしている御陵社長に声をかけたくなってしまったのだ。

そのときだった、足を止めている私たちの横をひとりの男性が鼻歌交じりにすり抜けた。

「あの人」

私は社長と顔を見合わせると、すぐに男性の後を追って屋台の暖簾《のれん》をかきわけた。

「いらっしゃい。おふたり？」

「はい、大丈夫ですか？」

運よく仲間社長の隣に立てた。

「みんな悪いけど、ちょっとずつずれてくれる？」

屋台をひとりでやりくりしているおばちゃんがお客さんに声をかけると、みんな嫌な顔せず言われた通りに一歩ずつずれてくれた。

こういう店は、客同士初対面でも連帯感が生まれるのが不思議だ。

仲間社長、私、御陵社長の順番になってしまった。場所を交代しようとしたがそのまま押し切られた。

仲間社長がビールとおでんを注文している。おばちゃんは真ん中にある大きな鍋から、注文されたものをお皿によそって渡そうとしたけれど、届かずに私が橋渡しをした。

「ありがとう」

「いいえ」

軽く頭を下げる。おばちゃんが私と御陵社長に注文を聞いた。

私は大根と卵、御陵社長は大根とじゃがいもとこんにゃく、飲み物はふたりともビールを注文した。

すぐに私たちの前に瓶ビールとグラスふたつ。それからあつあつのおでんが並んだ。

「いただきます」

御陵社長が手を合わせたので、隣で私も食べる。

「おふたり、ここ最近よく来てくれるね。ありがとう」

三回目となるとおばちゃんも私たちの顔を覚えたようだ。

「ふたりしてはまってしまって。おいしいです。ね、鳴滝さん」

「は、はい……っ熱い」

お目当ての社長が気になって、冷ますのが十分でなかった。そのせいで熱いまま口に持っていってしまい口の中が大惨事だ。

慌ててビールで口の中を冷ます。

「猫舌なんだから、気を付けないと」

「知っていたんですか？」

驚く私の顔に、いつもの胡散臭い笑みを浮かべる。この顔で何人の女の子を泣かしたんだろうか。

「もちろん、気になる子についてはすぐに覚えてしまうから」

あなたが本当に気になっているのは、私の隣にいる仲間社長のことでしょう？とは言えずに、黙ったまま今度は十分に冷まして大根を頬張った。

私はさっきから「会えた！」という喜びと「でもここからどうしよう！」という気持ちが心の中で渦巻いて、そわそわしているというのに、御陵社長はいつも通りで拍子抜けだ。

あんなに会いたがっていたのに。

さて無事に近くをキープしたが、ここからどうやってお近づきになるつもりなのだろうか。

仲間社長はひとりでビールを飲みながらおいしそうにおでんを頬張っている。

あっという間に二皿食べ終えた。本当におでんが好きらしい。

三皿目をおばちゃんから受け取っている。

そのとき仲間社長が誤ってビールの瓶を倒してしまった。私のスーツの袖にビールがかかる。

「あっ……申し訳ないっ」

慌てた仲間社長はすぐにハンカチを差し出してくれ、私はそれをありがたく受け取り袖をふいた。

「あらあら大変」

おばちゃんも大量の紙ナプキンを差し出してくれる。

「大丈夫ですか？」

「はい。ほんの少しですし、明日は仕事が休みなので大丈夫です」

運よく今日は金曜日だ。週末はスーツをクリーニングに出すようにしている。

「ではその代金を――」

「いいえ、結構ですので、少し私の話を聞いてもらってもいいですか？」

私はここぞとばかりに、ずうずうしくも仲間社長にくらいついた。

「ん～わかった。迷惑をかけたのはこっちだから、仕方ないか。隣のお兄さんがやけに高い時計をつけていたから警戒していたんだけど」

さすがだ。御陵社長の服装を見て、自分に近づいてきた人かもしれないと用心をしていたなんて。

それを知ってもなお、御陵社長は彼の武器である笑みを絶やさない。私は一歩下がってふたりが話しやすいようにした。

「プライベートな時間にすみません。早く私も仲間社長のように、こういうもので偉そうにしなくても一目置かれるような人物になりたいです」

御陵社長は名刺を差し出した、仲間社長はそれを見てちらっと顔を確認する。

「どこかで見たことがあると思ったよ。しかしもっと身分を隠して近づいてくるのかと思ったら、案外すぐにばらすんだね」

私も同じように思った。仲良くなってから身分を明かしたほうが、聞く耳を持ってもらいやすいだろう。

「リラックスしているところに押しかけてきただけでも無礼なので、これ以上失礼なことはしたくないです」

「あはは、いさぎいいね」

仲間社長はお酒が入っているせいか、この展開を楽しんでいるように見える。険悪な雰囲気にならずに済んでほっとする。

「それで、私はどうすればいい？」

「楽しくおでんを食べていただけますか。私と彼女と一緒に」

御陵社長の言葉に仲間社長と私は、きょとんとしてしまう。

ここは必死になって我が社の製品を売り込むところではないのだろうか。

「ははは、いいね。じゃあここは私がおごらせてもらおう。君もたくさん食べなさい」

「は、はい」

思いもよらない展開にどうしたらいいのかわからず、隣の御陵社長を見る。

「ごちそうになります」

御陵社長はおでんのお皿を持ち上げながら、にっこりと美しく笑った。

それから仲間社長は機嫌よく学生時代の話や、奥様との出会いをデレデレと話しはじめた。すごく愛妻家のようで、ネットにはない情報だ。

いくら時間をかけて調べても、やっぱり本人と話をするほうが何倍も有益な情報を得られる。

和気あいあい——屋台のおでんの雰囲気にぴったりの楽しい時間が過ぎていく。

お互い食べて飲んで満足したころ。

「は〜そろそろ帰るよ。今日は思いのほか楽しかった。こちらが迷惑をかけたのに、逆に楽しませてもらったよ」

「いいえ、急に押しかけて大変失礼しました」

御陵社長が頭を下げたので私もそれに倣《なら》う。

仲間社長はご機嫌に私たちに手を振りながら歩いていった。

「よかったんですか、あれで」

「いいんだよ。顔を覚えてもらえれば。それにこんなところで商談なんて無粋だろ」

営業に関しては私は素人なので、なにも口出しできない。また別の形でアプローチしていくのだろう。

「さて、遅くなったな。帰ろう」

御陵社長が歩き出したので、急いで追いかける。そのときキャップを深くかぶった若い男性とすれ違った。

「あれ……」

脳内に人の顔がたくさん浮かんで消える。あれは……仲間社長の娘さんの彼氏としてSNSにたびたび登場していた人だ。

偶然なのかな？

立ち止まって振り向いて彼を見る。なんだか胸がざわざわする。

街灯に照らされてその男の手に握られたなにかが鈍く光った。ナイフだ！

「危ないっ！」

私は走りながら声を上げたが、慌てていて転んでしまう。

「御陵社長あの人！」

私の声で振り向いた御陵社長はナイフを見るや否や、すぐに駆け出す。

「おい、なんだ君はっ……！」

路上に仲間社長の声が響き、それと同じくして押し倒された。

御陵社長が追いついて、男を引きはがし押さえつける。

「仲間社長大丈夫ですか⁉　あぁ、血が」

腕から血が滴っている。

「鳴滝さん、救急車と警察を！」

たしかこういうときは、110番をすれば救急車も要請してくれるはず。

指が震えてスマホがうまくタッチできない。

「鳴滝さん、落ち着いて」

「はい」

御陵社長は暴れる犯人を押さえつけながら、私に声をかける。

やっとのことで連絡をした私は、その場にへたり込みそうになるのをなんとか耐えて、仲間社長を犯人からできるだけ引き離して腕をハンカチで止血した。

仲間社長は腕を縫う怪我を負った。命に別状はないけれど大事を取って入院をするそうだ。

付き添った病院で、家族の人や警察に事情を話したりしていたら、深夜の二時近くになっていた。

「怪我、大丈夫か?」

私の手のひらには転んだときに擦りむいた傷があった。処置をしてもらいガーゼが貼ってある。

「ただの擦り傷です」

「君が襲われなくて、よかった。……どうして、気が付いた?」

「先日話をした娘さんのSNSにあの男性が写った画像が上がっていたんです。でも最近出てこないから別れたのかなって」

あくまでこれは推測だった。

「そうか……さすがだな」

私は首を振って否定する。もっと早く気が付いていれば仲間社長が怪我をせずに済んだはずだ。

「またそうやって自分に厳しい判断をする。なぜそうなんだ。あのとき君がいなければ、もっと酷い惨状になっていたはずだ。君のその能力が仲間社長を助けた。それなのになぜ、誇らないんだ。過去の君になにがあった?」

真剣なまなざしで問われて心が揺さぶられる。これまで誰にも話したことがない。

だけど自分のこの能力を評価し、必要としてくれている人に話してみたくなった。

私は視線をガーゼが貼ってある手のひらに移し、口を開いた。

「大きなきっかけになったのは……小さなころ、私のこの能力で家族が壊れたんです」

御陵社長が驚いたような顔をした後、悲しげに目を曇らせた。

他人のために、こんな顔ができる彼を優しい人だなって思う。ちゃんと話を聞いてもらいたい。

私は少し笑ってみせて、義母と義兄との確執について伝える。

「でもそれはきっかけにすぎないんです。今日みたいに、顔は覚えていても、私ひとりでは犯人を取り押さえられませんでした。いつだってそうなんです。私の頭の中に記憶としてあったとしても、それを利用する能力が私にはないんです。だからこんな力があっても仕方がない。使わなければ、面倒事に巻き込まれず傷つきもしない」

苦笑を浮かべながら、御陵社長の顔を見ると、彼はこれまで見たことがないほど真剣な顔をしていた。

「ずっと抱えて生きてきたんだな」

私が頷くと、なぜだか御陵社長が切ない顔をした。

「鳴滝さんにとっては、嫌な思い出ばかりかもしれない。だからといって君のそのたぐいまれなる能力を放ってはおけない。社会に対する損失だ」

「大袈裟です」

ふざけて言っているのだと思って笑おうとしたら、さっきと変わらずに真剣な顔つきだったので笑いを引っ込めた。

「俺には君の能力が必要なんだ。俺には君が見ている世界をどうやっても見られない。君がその能力を活かせないというなら、俺が代わりに活かしてみせる。だから自信を持ってほしい」

「御陵社長……」

「俺は助かっているよ。君がいてくれて」

こんな言葉をかけてもらえるとは思わなかった。

ちょっと便利、そのくらいに思われているのだと思っていたのに。

なんだか気恥ずかしい。でもそれと同時に心の中が温かいもので満たされていく。

小さなころにあきらめた、誰かに認めてもらいたいという気持ち。自分の中にはそんなものとっくになくなっていると思っていたのに。

実際に少し前から感じていた。だけどそれを受け入れてしまうと、期待してしまう。

誰かの役に立っているかもしれない、誰かに必要とされるかもしれない。認められたいと思う気持ちがどんどん大きくなっていく。

まさかここで、こんなに強く味わうなんて。

顔が熱くなってきた。うれしくて自然と口元がほころぶ。

「俺は、鳴滝さんを近くにおいて本当によかったと思ってる。自分で自分が認められないなら、俺が認めるから」

「……はい」

まさかこんなふうに言ってくれる人が、自分の人生の中で現れるとは思わなかった。

胸の中がキューっと締めつけられるような、熱くなるような、ドキドキするような言葉では言い表すのが難しい感情が芽生える。

なんだろうこれ……。

思わず自分の胸を押さえた。ただ心が喜んでいるのだけは、わかる。

広がる喜びに、今日ばかりは顔が緩んで仕方なかった。

第四章　逃げるが勝ち

——相手に譲る方が、かえって利益になる、という教え。自分に分がないときは、あえて争わない方がいい、という教え。

あの一件以来、私の中でなにかが変わった気がする。

これまでよりも少しだけ、自分の持つ能力に自信が持てるようになった。そうなってくると仕事がだんだん楽しくなってくる。

いつもの仕事に加えて、伏見さんが不在のときには、秘書のまねごとをしたりもした。スケジュール管理や連絡先の管理には私の能力はとても便利だった。

ただ困ったこともある。なんとなく私自身がずっとそわそわしてしまっているのだ。経営企画室の仕事よりも社長室での仕事の比重が増えていった。それによって御陵社長と過ごす時間が圧倒的に増加した。

相変わらずの無茶ぶりの連発ではあるのだけれど、それを乗り越えたときの達成感と御陵社長の『よくやった』という言葉に、ついつい次へのやる気を出してしまうのだ。

そして結局、以前よりもずっと多くの仕事をするようになった。

自分でも明らかに、仕事に対する姿勢が変わってきていた。

そんなある日。その日はお弁当が作れなくて、昼休みに会社の前のコンビニでお昼ご飯を物色していた。

「鳴滝さん、みーっけ」

声をかけられて振り返ると、四条さんがニコニコして立っていた。どうやら彼女もお昼ご飯を買いに来たようだ。

「珍しいですね。今日はお弁当じゃないんですか？」

「そうなんだけど、なかなか決められなくて」

「じゃあ、一緒に食べに行きましょう！　ほら、早く」

返事をする暇も与えられないまま、四条さんに引っ張られ会社の近くにあるカフェに連れていかれた。

大通りから離れた場所にあるカフェは、オフィス街の中にあるのに穴場なのか、ほどほどの込み具合で運よくすぐに席が確保できた。

ナチュラルなインテリアの店内には、観葉植物のグリーンが目立つ。席の間隔が広く、あまり騒がしさは感じない。

「いい雰囲気のお店だね」

レモンの浮かんだミネラルウォーターを飲みながら店内をキョロキョロ見回す。

「でしょ？　とっておきのお店なんです。鳴滝さんが気に入ってくれてよかった。もちろん、味も保証します」

私と違って、新しいものやおいしいもの、楽しいことが大好きな四条さんはこういう情報をたくさん持っている。そんな彼女がおすすめしてくれる店だから間違いないだろう。

目の前には今日のランチの、クラブハウスサンドとフライドポテト、フレンチドレッシングのかかったサラダとアイスティーがある。かなりボリュームがあるので、急いで食べないと休憩時間が終わってしまう。

「いただきます」

手を合わせて食べはじめた、時間がないとわかっていても久しぶりに会った四条さんの話もおもしろく、耳と口を動かし続けた。

「鳴滝さん、なんだか雰囲気変わりましたね」

「ん、そうかな？」

指摘されたところで、自分ではよくわからない。髪型も服装も眼鏡も経理課にいたころと、なんにも変わらないのに。

「そうですよ。今日だってこうやってランチにつき合ってくれてますし。以前なら断られていました」

そうは言うけれど、今日はもう半ば連行みたいな感じで強引に引っ張ってこられたのだけれど、楽しいので黙っておく。

「もしかして……恋とか？」

「うっ……ごほっごほ」

私は四条さんの突拍子もない言葉に、飲みかけのアイスティーをのどに詰まらせそうになった。

「そ、そんなはずないじゃない！」

「本当ですかぁ？」

全力で否定したけれど、まだ疑っている目をしている。

「知ってるでしょ？　残業までして仕事しているの」

「はい。あの定時で消え去っていた鳴滝さんが！って驚いています」

「だったら――」

「でも忙しくても恋はできます。できるっていうか、落ちるっていうか、それはもう抵抗できないものなので」

前のめりでずいっと顔を近づけられた。

「そういうものなの？」

「はい、そういうものです」

ずばっと言い切られた。その後も四条さんの〝恋とはなにか〟というテーマトークを聞きながらランチを終えた。

ふとひとりの男性の顔が思い浮かびそうになって「絶対違う」と、強く自分の中で否定した。

その日の夜、取引先との接待に同行した。

ぐったりと疲れて、今は御陵社長の社用車で帰っているところだ。

こういう機会も増えた。前までは、定時退社をなによりも求めていたのに、今となっては残業もそれほど苦痛に感じなかった。ただ接待は相手に気を使うので疲れてしまう。いつか慣れる日が来るのだろうか。

御陵社長は桃山室長から電話があったようで、なにやら難しい話をしている。こんな時間まで仕事の電話をするなんて、みんな働きすぎではないだろうか。

「あぁ、その話はまた後で」

ちらっとこちらを気にするそぶりが見えた。おそらく私には聞かせられない話もあるのだろう。

そんなことを考えているとスマートフォンに通知が来た。友人知人の少ない私への通知——おそらく見守りカメラだ。

ここ最近の仕事について、唯一タマのことだけが心配だが、自動給餌器と見守りカメラを導入して対策を取った。

休憩時などにカメラを確認すると、たいていお気に入りの場所で寝ていてほっとしていたのだが、通知が来てなにかあったのかと焦る。急いでバッグから取り出して確認をしたら、どうやら給水機をひっくり返したようだ。タマ自身はまったく気にも留めず、お気に入りの場所に戻って毛づくろいをしていてほっとした。

「猫？」

「きゃぁ……痛っ」

突然隣から話しかけられた私は、スマートフォンを眼鏡にぶつけてしまった。

「悪い、大丈夫か？」

心配した御陵社長が、私の顔に手を添えてちょっと強引にのぞき込んでくる。

「どこをぶつけた？　よく見せてみろ」

真剣な瞳が私に向けられる。怪我がないか確認しているだけなのに顔が熱くてドキドキが止まらない。

「い、いえ。大丈夫ですから。ちょっと眼鏡にぶつかっただけで」

ぐいっと彼を押しのけて、なんとか距離を取る。

「本当に大丈夫なのか、少し赤い気がするが」

それはあなたが顔を近づけてくるからです！

とは、もちろん言えない。なんとか「大丈夫」と笑って安心させた。引きつり笑いになってなければいいけれど。

「大丈夫ならいいが……話は変わるけど今日は君のおかげで助かった。先方の奥様の誕生日をよく覚えていたな」

話が変わってほっとする。

「はい。ただ私のセンスでプレゼントを選ぶと問題があるので、そこは円町さんに助けてもらいました」

今日の接待は先方の奥様も同席すると聞いた。写経が趣味だと聞いたので、めずらしい素材の筆をプレゼントしたら、喜んでもらえた。

「誰かに〝助けてほしい〟と言えるのはいいことだ」

「はい」

これまでは、すべてを自分で解決しないといけないと思っていた。しかしそうではないと教えてくれたのは、御陵社長だ。

そして気が付いたのだけれど、彼に褒められるとうれしいのだ。

「会社まで行くか？　それとも駅で降りる？」

「駅でお願いします」

それを聞いていた運転士が頷くと、駅の近くで車を停めてくれた。

「お先に失礼します」

「おつかれさま」

御陵社長はタブレットから視線を上げ、小さく笑った。

私はそのまま改札に向かう。歩きながら鞄からマフラーを取り出しぐるぐると巻き寒さに耐えた。

少し細くて暗い道だが、駅まではこの道が最短だ。

「鳴滝沙央莉」

「え……」

背後からいきなりフルネームを呼ばれ、なんだろうかと振り向いた。

「あなたは！」

そこに立っていたのは、キックバックで解雇になった元社員だ。

「……だ」

「え？」

ぶつぶつとなにか言いながら、血走った眼で私を睨んでいる。そして一歩。また一歩と近づいてくる。

彼の激情が伝わってきて、体が震えた。

走って逃げないといけない。わかっているのに足が震えて思うように動かない。

動けないなら、声を上げて助けを求めなくてはいけないのに、のどの奥が張りついたかのように声が出ない。

私にできたのは、よろよろと数歩後ずさるだけだった。

だからすぐに相手に強い力で腕をつかまれた。

「嫌っ」

やっと出た声も、かすれていて小さく誰にも届かない。

「お前だろう、俺を陥れたのは。会社の奴らから聞いた。お前が余計なことをしなければ、俺はクビにならなかったんだ」

力いっぱいつかまれた腕が痛い。

彼の血走った目から涙が流れている。自分に向けられる怒りのパワーに圧倒された。

「会社をクビになり、彼女との婚約も解消になった。俺の人生はめちゃくちゃだ。それなのに、お前は社長の車に乗ってニコニコ笑っているのか？」

怖い。とうとう全身が恐怖で震えはじめる。

私の行動が、彼の人生を台無しにしてしまったの？

彼は今度は私の両肩をつかみ、前後に激しく揺さぶった。その力の強さに私の体はしなり、髪が振り乱される。

「お前のせいだ、全部、お前が悪い」

「私が……悪いの？」

グラグラと体が揺れる。しかし彼の言葉にショックを受けた私は抵抗すらできなかった。

彼がこれから歩むはずだった人生。それを私が――違う。そうじゃない。

私はこぶしをぎゅっと握って、顔を上げて相手をしっかりと見た。

「お気の毒だとは思います。でも、私は決して間違っていません」

正しい道を選ぶのは、勇気がいる。それでも私はそうありたいと思う。

「ふざけるな、お前は社長に取り入るために、俺を利用したんだろ」

「そんな——」

そんなふうに思われていたなんて。ショックで言い返せない。怒りで胸が苦しい。

「違う。お前の人生をめちゃくちゃにしたのは、お前自身だ」

背後から御陵社長の声が聞こえたかと思うと、男を引きはがした。

「……御陵社長」

男は背後に立った御陵社長を見て驚いたように目を見開いた。その隙に御陵社長は私の腕を引いて彼の背中に私を隠した。男から私が見えないようにしてくれたのだ。

御陵社長は男を冷たい視線で睨みつけ、低い声を出す。

「私利私欲のために不正を働いていた上に、正しい人間を責めるようなやつはいらない」

御陵社長の言葉がなんだか頭の中にこだまするように響く。息がうまくできない。

「それに今日のこれは立派な暴行だ。警察に——鳴滝さんっ？　どうしたんだ！」

呼吸がどんどん荒く、苦しくなってきた。

「はぁ、はぁ……」

すぐに私の様子がおかしいと気が付いた、御陵社長が私を支えてくれる。そんな彼の腕にぎゅっとしがみついた。けれど胸が苦しくてそのままずるずるとその場に座り込んでしまった。

「大丈夫か？　鳴滝さん――あっ」

突然御陵社長に声をかけられた男は、踵を返して逃げていった。

「ごめ……ん……なさ」

「しゃべらなくていい。車がすぐそこだから。歩けるか？」

ふらふらする私を彼が抱き上げた。しかし私はぐったりしたまま、人生はじめてのお姫様抱っこに感動もできずに彼に体を預けた。

歩いていると、車がすっと止まった。運転士がすぐに降りてきて後部座席のドアを開ける。

「とりあえず乗って」

車に乗ると、御陵社長が手をぎゅっと握ってくれた。

「大丈夫なんかじゃなかったよな……怖かったよな」

こういうときに優しい言葉をかけないでほしい。涙が我慢できなくなるから。

「う……っ……」

涙がボロボロと流れてくる。息が苦しい。

つかまれた腕が痛かった。でもそれよりも胸の中がずっと痛い。

あの人の悲痛な叫びが、耳にこびりついて離れない。

泣き止もうとするけれどできずに、呼吸が苦しくなってくる。

「はぁ、はぁ」

目の前がかすんできた。

「鳴滝さん、落ち着いて。少し前かがみになってゆっくり呼吸をするんだ」

背中を大きな手のひらでさすられる。

彼の声に集中していると、呼吸が少し落ち着いてきた。

「過呼吸だろうが、念のために病院に行こう」

御陵社長の言葉に私は首を振った。

「大丈夫なので……家に帰りたいです」

過呼吸は以前にも経験がある。このまま快方に向かうはずだ。

しかし納得をしてもらえない。

「だが、このまま君をひとりにはできない」

「でも、ご迷惑でしょうから……」

「ひとりで帰してしまったら、そっちの方が気になって迷惑だ。こういうときは頼ってくれ」

御陵社長は運転士に「自宅へ」と告げた。

私は抵抗せずに黙ってうつむいたまま、止まらない涙を流した。


社長の自宅マンションに到着した後、柔らかいソファに座るように言われた。考えるのを放棄して言われるまま従う。

そのころになったら、呼吸はすっかり落ち着いて楽になっていた。しばらくぼーっと座っていた私の手に、社長がマグカップを握らせた。

その温かさが私を現実に戻す。

「ありがとうございます」

「熱いから気を付けて」

ベルガモットのにおいにわずかながら癒やされる。やっと今の自分が置かれている状況がわかった。

「ご迷惑をおかけしました」

体が温まり、いろいろと考えられるようになった。

「これ、君のだろう」

差し出されたのは私のスマートフォンだ。

「これを渡すために追いかけたんだ。まさかこんなことになっているとは。よかったよ、間に合って」

「ありがとうございます」

あのとき、御陵社長が来ていなかったらどうなっていたのだろうか。鬼気迫る男の顔を思い出すと体が震え、一度止まった涙がにじみはじめる。

「私、自分が情けないです。社長が私を認めてくださって少し自信が持てたと思っていたのに、あんなふうに目の前で責められたら、私が本当に正しかったのか不安になってしまって」

今まで、自分は変われたと思っていたのに、そんな自信はあっけなく崩れた。

慌ててマグカップを目の前のローテーブルに置き、顔を覆った。

「怖かった……」

「そうだよな。男にあんなふうに腕をつかまれて——」

私は彼の言葉を否定するかのように、首を振った。

「違います。私がひとりの男性の人生を狂わせたんだって、その事実が怖いんです」

震えながら伝える。

「私があの不正に気が付かなければ、彼はまだ仕事を続けて婚約者との明るい未来を歩んでいたかもしれないのに」

これから彼はどうなってしまうのだろうか。自分の正義感が、相手をあんなふうにしてしまった。

顔を覆ったままうつむく。自分の取った行動の重大さが怖い。

「それは違うだろう」

大きな手のひらが背中に当てられた。ぬくもりを与えられて胸が震えた。

「でも事実、彼はたくさんのものを失いました」

顔を上げて御陵社長を見る。彼は苦しそうな顔をしている。

「それはすべて彼自身の責任だ。彼の人生を壊したのは君じゃない。彼だ」

涙が頬を伝う。

「君が自分を責めるのは間違っている。正しい行いをしたものが傷ついてはいけないんだ。ずっと被害を被ってきた相手の会社を助けたのは君だ。それをなぜ誇らない。あの男の発言はただの逆恨みだ」

「誰かを傷つけたとしても、私が正しいんですか？」

彼が床にかがんで、私の顔をのぞき込む。真剣な瞳が私に向けられた。

「そうだ。ことなかれ主義の今までの君なら誰も傷つけなかっただろう。その代わり、誰も助けられなかった。違うか？」

たしかに言う通りだ。私はゆっくり頷いた。

「でも俺はそんな君でいてほしくない。自分で正しいと思う道を歩きはじめた君は、すごく生き生きしているから」

彼の言いたいことはわかる。これまでの自分とは違うのを誰よりも実感していたのは私だ。

「それでも、今日みたいに苦しむ日もあるだろう。そのときはすべて俺のせいにすればいい。俺が自分の殻《から》にひきこもっていた君を引きずり出した。全部俺が悪い」

彼の手が私の手に重なった。

「そんなの無理です。できません」

自分自身の気持ちの問題なのに、どうして御陵社長を責められようか。

「君の気持ちが楽になるなら、喜んで悪役になるさ……怖い思いをさせないようにするから」

御陵社長は、私の震える手をにぎる。伝わってくるぬくもりが私の傷ついた心をあたためてくれる。

言葉を尽くして寄り添ってくれる。今まで私の人生にそんな人は存在しなかった。さっきまで感じていた胸の痛みはなくなっている。その代わりになんだかじりじりする。なぜこんなふうになってしまうのかわからない。

「おっと、悪い。電話だ」

彼はスーツのポケットからスマートフォンを取り出した。私にジェスチャーで謝りながら廊下に出ていく。

大きな深呼吸をしてソファにもたれかかる。接待もあったうえに、泣きすぎたせいで体が疲れたと言っている。

どうして……御陵社長はあんなに私を気遣ってくれるんだろう。

たしかに彼によって、今の部署に連れてこられたけれど、私の意志でもあるのに。

ただ、御陵社長が言ってくれた言葉が私の気持ちを軽くしてくれた。それは間違いない。

今まだ気持ちの整理はできていないけれど、それでも涙が止まっているのは彼のおかげだ。

目を閉じると急に睡魔が襲ってきた。

家に帰らなくてはいけないのに、体も頭も動かない。

扉が開く音がして、人が入ってきたのがわかった。

体を起こそう、瞼を開けようと思うけれど、自分の体なのに言うことを聞いてくれない。

人の気配が近づいてきた、と同時にすぐに私の体が宙に浮いた。たくましい腕に支えられてなんの不安もない。しばらくすると柔らかいベッドに私の体が沈んだ。

お礼を言わなくてはいけないと思うけれど、動けない。

そのうちゆっくりと頭を撫でられた。その優しい手つきが心地よくて、どんどん眠くなっていく。

そのうち、少し低くて、でも耳に心地よい優しい声が聞こえてきた。

「ゆっくりでいい、自分にしっかり自信を持って。君のうれしいときの顔をもっとたくさん見せてほしい」

どういう意味？　なぜそんなことを言うの？

聞きたいけれど、聞けずに私はそのまま眠りについた。

「おやすみ」

記憶の最後に残っていたのは、優しい御陵社長の声だった。

「ん……っ」

のどの渇きと体の痛みを感じて目が覚めた。身じろぎをし体を伸ばす。そこで見慣れない風景にハッとする。

部屋の中はまだ薄暗いけれど、窓から朝日がわずかに差し込んできて朝のはじまりを知らせている。

「起きたのか？」

声が聞こえて顔を向ける。そこにはTシャツ姿でリラックスした御陵社長が横になっていた。

慌てた私はベッドの上で正座した。

「す、すみません。私、こんな……あの……」

慌てすぎてまともな言葉が出てこない。

起き上がった御陵社長は、困惑している私を見て笑っている。

「いいから、落ち着いて。ここに連れてきたのは俺だから君が謝る必要はない」

たしかに朧《おぼろ》げながら、運んでもらったのを覚えている。

「いえ、それなら余計に申し訳ないです」

絶対重かったはず！　顔から火が出そうなほど恥ずかしい。

「俺が勝手にしただけだから。それよりも少しは落ち着いた？」

「はい。もう平気です」

正直言うと、御陵社長のベッドで寝ていた衝撃で、昨日の出来事を思い出す余裕などない。とにかく落ち着こうと、きょろきょろと眼鏡を探す。

「もしかして、これ？」

「はい。ありがとうございます……えっ？」

眼鏡を受け取ろうと手を差し出したのに、さっとそれを取り上げられてしまう。

「鳴滝さんは、眼鏡外すといつもよりかわいらしくなるね」

「い、いきなりなにを言い出すんですか？」

見られているとわかって私は慌てて自分の顔を両手で覆った。

「褒めてるんだから、隠さなくていいのに。そんなに恥ずかしい？　耳が赤い」

指摘されて今度はとっさに両耳を覆う。するとあたりまえだけれど顔が丸見えになるわけで。

「ほらやっぱり、かわいい。よく見たいな」

近づいてこられそうになったので、慌てて身を引く。

落ち着くのよ、私。

「それ以上からかうなら、セクハラとして訴えます」

「悪かった。しかし本音も言えないなんてな」

御陵社長は少し残念そうな声でそう言いながら、今度こそ本当に私に眼鏡を渡してくれた。

「ありがとうございます」

「いいえ、どういたしまして」

御陵社長はクスクス笑っている。

視界がクリアになって、なんとか状況を整理できるくらいには気持ちが落ち着いた。

「もしかして、社長は眠れなかったんですか？」

どんなふうに寝ていたのか、まったく記憶がない。私がベッドを占拠していたなら眠れていないに違いない。

しかし彼の返事は意外だった。

「あぁ、君のことを考えていたら、この時間だった」

本来、体を休めるプライベートの時間にさえ、私が御陵社長を悩ませていたなんて本当に部下失格だ。

「私……また異動でしょうか」

こんな形でトラブルを起こしてしまったのだから、それも仕方ない。

しかし彼は薄く笑って、首を振って否定した。

「いや、鳴滝さんに異動されると俺が困るから」

「そう……ですか」

たしかにここ最近では、異動直後に比べて役に立つ場面も増えてきた。

伏見さんはなにやらとても忙しく、それをフォローする人間が必要だ。今の状況なら、猫の手程度だとしても私がいたほうがいいに違いない。

だったらなぜ彼はこんな時間まで考えていたのだろうか。

不思議に思って、私は御陵社長の顔を見つめる。すると彼もこちらを見ていた。

朝日に包まれはじめた部屋に、彼の静かな声が響く。

「ずっと考えていたんだ。どうして鳴滝さんが悲しいと俺が苦しくなるのか」

彼は私の方へ体を向けて座りなおした。

いつもよりも距離が近い。大事な話なのか、なんとなくいつもと空気感が違う。

「俺、君が好きなんだと思う」

「え……」

衝撃を受けて思考が停止する。今彼は、いったいなにを言ったのだろうか。

「いや、思うじゃなくて、好きなんだ。昨日、寝顔を見ていてそう確信した」

顔……泣きはらしたままの、しかも化粧もなにもかも取れている、寝顔を見て確信？

「じょ、冗談――」

「違う。俺の真剣な告白をちゃんと受け止めてほしい」

どうやら本気みたいだ。

理解した途端、心臓が驚くほど大きな音を立てて動き出した。息苦しくなるくらいの動悸に思わず胸を押さえる。それと同時に頬や耳が熱くなっていく。

「俺は、君が好きだ。昨日君が襲われている姿を見て怖くなった。ただの部下にはこんな気持ちを抱くはずない」

まっすぐで真剣な視線が私を射貫く。

なに、これ。なにが起こっているの？

現状が理解できない、もちろん自分の気持ちもわからない。

焦っている私の前で、彼がまた口を開こうとした。

これ以上なにか聞いてしまったら、私がパンクしてしまう。

焦った私は、彼の口を両手で押さえ口を開けなくしてしまう。

そして高らかに宣言する。

「猫が心配なので帰ります！」

勢いよく立ち上がったせいで、体がふらついた。

「危ないっ」

すぐに御陵社長が支えてくれた。すっぽりと彼の体に包まれてその体温にドキッとしてしまう。ハッとして顔を上げると、すぐ目の前に彼の綺麗な瞳があって心配そうに私を見ている。その距離の近さにどんどん私の心臓の音が大きくなる。

すぐに我に返った彼が、私から離れた。

「まだ、本調子じゃないだろ。送っていく」

「いいえ、結構です」

私は自分の鞄を探してひっつかむと玄関を目指す。

「でも――」

まだ追ってこようとする御陵社長を制止する。

「そこから、動かないでください！」

失礼な言い方になってしまった。でも緊急事態だし許してほしい。

私は急いで玄関で靴を履いて外に出る。

マンションを出ると、新しい朝を告げるような眩しい朝日が輝いていた。

すがすがしい朝のはずだ。しかし私は半ばパニックになりながら速足で駅に向かって歩いている。

御陵社長が、私を好き？　まさか私忙しすぎて、起きているのに夢を見てるのかもしれない。

ふと足を止めて、まだ開店していない店のショーウィンドウに映る自分を見る。いつもと変わらない、やぼったい私がいる。

逃れようのないほど、しっかりとした告白だった。慌てて逃げ出したけれど、嫌だったわけじゃない。

むしろ……。

さっきから全然落ち着いてくれない自分の胸に手を当てる。ドキドキと苦しい。しかしこうなってはじめて気が付いた。

ここ最近ずっと感じていた、御陵社長に対する気持ちはおそらく恋だ。……たぶん。

今まで一度も経験していなから、自信がない。でもそれ以外にどう名前をつけていいのかわからない。

私も……御陵社長が好きなんだ。

ガラスに映る自分の顔を見ると、わずかにうれしそうに口角が上がっていた。

なんだか浮かれている自分が恥ずかしくて、顔を両手でかくして自覚した恋心をなんとか落ち着かせるように、深呼吸を繰り返したのだ。

＊　＊　＊

鳴滝沙央莉——彼女はとても不思議な人だ。

初対面は、まだ買収前だった。

第一印象は真面目そのものだ。ただ俺の顔を見ても驚いたそぶりをみせずに淡々と道案内をしてくれた。俺に取り入ろうとしたり、色目を使ったり、そういった態度は皆無。それが逆に好奇心を刺激した。

声をかけたら、ほんの一瞬だけ迷惑そうな顔をした。それがとても新鮮で記憶に残った。

そして次に彼女に対してもった印象が〝もったいない〟だった。

うらやましいほどの特殊《とくしゅ》能力があるのに、それに対して嫌悪感を持っている。それが俺にはもどかしく思えた。

少しずつ、自分でその能力を受け入れ成果が出はじめると、能面一辺倒だった彼女がうれしそうにほんのわずかに笑みを漏らすのだ。

まるで固く閉ざされていた蕾が花開くようなその表情を見たいと思ってしまった時点で、俺にとって彼女が特別になっていたのだと思う。

そう自覚すれば、恋をするのにそう時間はかからなかった。

仕事の真剣さ、着眼点のおもしろさ。正しい心と自信のなさのアンバランスさもまた魅力的で。

仕事では頼りになるのに、守ってやりたいという危うさも俺に抱かせる彼女に対して、どんどん深みにはまっていく。

桃山室長と彼女が楽しそうに話をしているときに、ふたりの関係が特別なものじゃないとわかっていても、じりじりとした感情が湧き上がってきた。

普段は能面そのもので他人に感情を見せない彼女が、表情をくるくる変えている姿を見ると、いたたまれない気持ちになる。

それが人生ではじめて感じた嫉妬だと気が付いたときには、彼女によって変わっていく自分も悪くないと思えた。

そんな中……彼女が危険な目に遭ったとき心底怖くなった。自分よりも大切な人ができるってこういうことなんだと実感した。

とりあえずもう二度と彼女に近づかないように、弁護士を通じて相手に警告するつもりだ。

しかし次になにかあったとき、守ってあげられない今の関係ではいたくない。疲れ切った彼女の寝顔を見てそう思った。その結果好きだという気持ちが抑えきれなくなった俺は、気が付いたら彼女に自分の想いのたけを伝えていた。

そしてまさかの玉砕。

彼女が俺を嫌っているようには思えなくて、どこか上手くいくだろうと思っていた。まさかの逃亡に内心焦りを覚える。

ひとり部屋に残されて、この判断が正解だったのかどうかわからず悩む。

本当は無理にでも送っていった方がよかったのでは？

いやいや、彼女は混乱した姿は見られたくないはずだ。やっぱりこの対処が正しいんだ。自問自答を繰り返しながら、ベッドに寝転んだ。

ほのかに彼女の香りがするような気がする。

自分がまさかこんな恋を覚えたての子どものような状態になるとは。

鳴滝沙央莉。彼女はそれだけ俺にとって特別な存在だ。

だから一度逃げられたくらいで、あきらめるなんてできない。今後どうやって想いを届けようかと考える時間は、思いのほか楽しかった。

第五章　魚心あれば水心

――相手が自分に好意的であれば、それに好意をもって対応できる。また、自分が好意をもって対応すれば相手もそれに応じてくれるだろう。何事も互いの出方次第で決まるということ。


クンペル自動車との大型契約が決まったとの知らせがあったのは、十一月の三週目だった。あの事件の後、御陵社長は仲間社長とうまく顔をつなげたようで、契約はスムーズに進み会社全体の士気も上がった。

その結果、御陵社長の実力について懐疑的だった人も、彼を認めざるを得なくなった。まだまだ盤石とは言えないが、彼の目指す会社にまた一歩近づいた。

経営企画室に向かう途中で秘書の伏見さんと一緒になった。

「お手柄でしたね。おでん」

「あ、はい……でも、たまたまです」

褒められるようなことはしてないのだけれど。

「いいえ。鳴滝さんでなければできませんでした。おかげで社長はここ最近ものすごく機嫌がいい」

「そうでしょうか？　いつもと変わらない気がしますけど」

そう、仕事中はいつもと変わらない。いつも通り私に無理難題を「このくらいできるよね？」って顔で依頼してくる。

しかしふたりっきりになったときは、まったく違う。なんというか思いのほかぐいぐいきて、どう対処していいのかわからない。

昨日の仕事を終えて帰る間際の会話を思い出す。

『鳴滝さん、例の件、どうなった？』

『例の件、ですか？』

仕事の報告はできるだけ細かくしている。思い当たる案件がない。私が首をひねると、プレジデントデスクに着いた御陵社長は肘をつきため息をついた。

『もしかして、忘れられてる？』

『申し訳ありません！』

ここのところ案件が多い。けれどそれは言い訳にはならない。しかし思い当たるふしがないので素直に謝る。

『仕事の話じゃなくて、俺の告白。忘れてない？』

『え？　あ、いえ、その』

仕事の話じゃなくて、告白⁉

たしかにそれについては、あれから一切触れていない。だってどうしたらいいのかわからないから。途端にあの日の出来事を思い出して顔が熱くなる。

思い出すだけでこんな感じで、完全にお手上げ状態だ。

『そ、そちらの案件は――いましばらくお時間くださいっ！』

勢いよく頭を下げてから彼を見ると、なぜだかニコニコと笑っていた。

『わかった。期待してるから。でもそう長い間は待てない』

『で、では。失礼します』

さっさと逃げなければ、これ以上追及されるとつらい。

廊下に出て急いでトイレに駆け込んだ。洗面台に手をついて息を整える。

はたから見たら、仕事の報告みたいだった。御陵社長は笑っていたけれど、もう少し……こう、大人の女性としてさらっと対応できないものかと自分を責める。そもそも、どう伝えていいのかすらわからない私は、日常に差し込まれる恋模様に戸惑ってばかりだ。

「鳴滝さん、どうかした？」

伏見さんが不思議そうに私を見ている。

「いいえ、なんでもありません」

いけない。仕事中なのに、ぼーっとしていた。ゆっくりしていては定時退社が遠のいてしまう。

毎日目の回るような忙しい日々を過ごしている。けれど、できるだけ以前のペースに生活リズムを戻したい。自分に向き合う時間とタマと触れ合う時間を確保して、これからどうするか考えないと。

「御陵社長のことで困ってるなら、相談に乗るからね」

これが仕事の話なら、伏見さんに助けてもらいたい気持ちはある。でもさすがに「社長に告白されて、どうしたらいいですか？」とは相談できない。適当にごまかしておくしかない。

「はい。なにかあったらよろしくお願いします」

軽く頭を下げ伏見さんと別れて、経営企画室のあるフロアに入ると、そこは騒然としていた。なにかがあったのだとひと目でわかる。

「なにかありましたか？」

近くにいた人に声をかける。

「新工場の土地の買収の件なんだけど」

「あ、はい。いいところが見つかって交渉も問題ないって——」

「邪魔が入ったんだ。白紙になる」

こわばった声から、事の重大さが伝わってくる。

「えっ！」

思わず声を上げてしまった、何人かがこちらを見てきたので口元を押さえた。

新工場の建設は、サンキン電子の古い建物や機械を一新するものだ。そのために新たな土地探しからはじめて、ようやくめどが立ってきたという話だったのに。

クンペル自動車との契約も決まり、生産量を増やしたいが今の工場ではなかなか難しい。よって可及的すみやかに、新工場のプロジェクトに取りかかりたいのだが……。

「でもどうして？」

「どうやら、どこかから外部に話が漏れたようで、他の会社がうちの倍の金額での買取りを提案したみたいなんだ」

以前、経理課にいたときに予算案を目にした。あれ以上の金額を出すのは難しい。

「誰がそんなことを……」

「本当にね」

振り向くと円町さんが、眉を下げて困った顔をしていた。

「たしか円町さんも担当でしたよね」

「そうなんです。さすがに今から他の土地となると、工場の建設はかなり先延ばしになりそうです」

がっかりと肩を落としている。

「そうなんですね」

新工場の建設がずれ込むなら、事業計画も大きく修正しなくてはいけないだろう。今にも増して忙しくなるだろうから、なるべくこちらの仕事を手伝うようにしたい。

「ですから今日からしばらくデータ入力をお任せしてもいいですか？」

「はい、もちろんです」

私は他に手伝える作業があれば手伝うと言って、とりあえず自分の仕事に取り組んだ。

その日は思いのほか仕事が早く終わった。

大きなトラブルがあったが、上層部の判断が出るまではいつも通り仕事をするだけだ。これから忙しくなるので、今日くらいは早く帰るようにと桃山室長から指示があったのだ。

経理課のときは月末や繁忙期でなければ定時上がりも珍しくなかったが、ここ最近はなかなか難しい。私は指示に従い、さっさと会社を出た。

せっかく早く仕事が終わったので、ひとつ先の駅にあるペットショップでタマのお気に入りのフードを買おう。運動不足解消もかねてひと駅歩くと決めた。

早く帰ってタマをもふもふして……それから作り置きのおかずを作っておかないとお弁当が寂しすぎる。

最寄りの駅ではスーパーにも寄ろうと決めたとき、ふと視線の先に知った顔を見つけて足を止めた。

円町さん……お相手は彼氏かな？

きっとあのときの指輪の相手だろう。ガラス張りのカフェの中で、顔を寄せ合って話をしている。幸せそうだ。

円町さんもずっと忙しそうだった。久しぶりのデートなのかもしれない。

仕事が大変なときこそ、プライベートを充実させるのは大事だ。

あれ、あの男の人って。

副社長との会食の日、副社長秘書と一緒に部屋にいた人だ。

円町さんの彼氏って仕事関係の人だったんだ。社内では見かけた記憶がないので、社内の人ではなさそう。

あまりじっと見ていたら失礼だと思い歩き出そうとしたタイミングで、円町さんが席を立った。

次の瞬間、相手の男性が彼女のスマートフォンを手に取りなにやら操作している。

お互いオープンにしているのだろうか。私は絶対に嫌だけど、カップルでどう過ごすかは、ふたりにしかわからないから。

私なら勝手に見られるのは嫌だけど、同じ画面をのぞきながらあれこれ話をするのとかはいいかも。ふと御陵社長と私がそんなふうにしているのを想像してしまって慌ててかき消した。

外でこんな妄想しちゃうなんて、自分に困る。

もう一度視線を戻すと、男性がちらちらと円町さんが戻ってくるのを気にしている。

そもそも彼女が許可しているなら、円町さんの目の前で見ればいい話だ。

なんとなく見ていて気分のいいものではない。けれど人の恋路に首を突っ込んではいけない。

　私は目的地のペットショップに向かって歩き出した。


　それから二週間後。

　希望していた土地がダメになったため、新しい候補地探しをしていた。私も桃山室長に依頼されて、他の仕事の合間に情報収集を手伝っていた。

　そのとき、御陵社長に呼ばれて社長室に向かう。

　ノックをして中に入ると、伏見さんと社長が一斉にこちらを見た。

「呼び出して悪い。これを見てほしいんだ」

　差し出されたのは、ある会社のデータだった。

「これはなんですか？」

「工場の土地を横取りした不動産会社だ」

　なるほど。

「この規模の会社があの土地をあの値段で買ったんですか？」

　不動産を取り扱う会社だが、規模が小さく大規模な土地を買いつける財力があるとは思えなかった。

「おそらくバックに誰かいるだろうな」

前面に出ているのはこの会社だが、他の人の意思が働いてあの土地を横取りしたのだと考えられる。

二枚目をめくると、会社の代表の顔写真があった。

めくっていた手が止まる。

この人は……。円町さんとカフェで会っていた人だ。それに副社長の秘書とも。

すぐになんでもないふりをして次のページをめくったけれど、御陵社長の目はごまかせなかった。

「どうかしたのか?」

私のほんの一瞬の動きも見逃さない。

できれば円町さんに、彼について少し聞いてみてから報告をしたかったのだけれど。

知っている情報は伝えるべきだ。今回は会社も多大なる損害を被っている。

「こちらの方、先日の副社長との会食の際に、彼の秘書と会っていました」

「副社長の秘書と?」

目を光らせたのは伏見さんだ。

「はい。席を立った際、ちょうどその人が部屋に入って挨拶を交わすところでした。

隣の部屋の中が少し見えたんです。食事の間秘書さんはその部屋で会食が終わるのを待っていたようです」

「なるほどな」

「でも……敵対しているからといって、会社の不利益になることをするでしょうか？」

鞍馬副社長は退職する道もあったはずなのに、この会社に残った。それなら会社を思う気持ちはあるはず。

「そうだよな。俺もそう思いたい」

〝思いたい〟ということは、そうではないということだ。

私はそれ以降は、口をつぐんだ。円町さんについては報告できなかった。

彼女のあの幸せな顔が思い浮かぶ。報告するにしても、一度彼女と話をしてからにしたい。

「他になにか気が付いたら、その都度報告してほしい」

きっと社長は私がなにかを隠しているのに気が付いている。それでも私が自ら話をするまで待ってくれているのだ。

以前と同じ失敗はしたくない。ちゃんと自分の中で納得したかった。

「はい」

少しうしろめたい気持ちを抱えながら、私は社長室を後にした。

そしてその後すぐに円町さんを、経営企画室の隣にある打ち合わせブースに呼び出した。

「すみません、忙しいときに」

「ううん、ちょっと気分転換したかったからちょうどよかった」

私が椅子をすすめると、彼女はニコニコと笑ったまま座ってくれた。

「それでどうかしたの？」

私は彼女の右手にある指輪をちらっと見てから話しはじめた。

「円町さん、彼氏さんとは最近どうですか？」

いきなりプライベートの話をされて驚いたようだったが、答えてくれた。

「え、うん。お互い忙しいからカフェで短い時間会ったりしかできてないけど……仲良くしてるよ」

「そうですか。先日一駅先のカフェでおふたりを見かけました」

「うそ、恥ずかしいな」

その様子に胸が痛む。幸せそうに照れている彼女にこの先を話すのがつらい。

けれどこれは他の人ではなく自分で確認したい。

「その時見ちゃったんです。円町さんが席を外している間に、彼氏さんが円町さんのスマホを操作していました」

「えっ……彼が私のスマホを？」

顔を曇らせているが、本題はここからだ。

私はこぶしを握りなおして、彼女の顔を正面から見つめる。

「その彼なんですが、勤務先は不動産会社ですよね？」

「ええ、仲介をしているって言ってたわ。詳しくは知らないんだけど」

円町さんは私が彼の勤務先を知っていて驚いたようだ。次に私がなにを言い出すのか様子をうかがっている。私は小さく息を吐いてから伝える。

「今回の工場の土地に横やりを入れたのは、その彼の会社です」

「えっ。まさか……そんなはずは」

円町さんの顔がサッと青ざめる。

その様子に胸がぎゅっと締めつけられる。どうして彼女がこんな思いをしなくてはいけないのだろうか。そう思うと相手の男性に怒りがわいてくる。

「スマホを見ていたのは、たまたまかもしれません。ただどこかから情報が漏れた可能性がある以上、疑わざるを得ません。重要事項ではなくても社員同士のやりとりから、いろいろと推測もできます。パスワードなんかも同じものを使っているとそれを利用される可能性もあります。私が目撃したのはスマホでしたが、日常的に情報を抜き取られていた可能性もあるのではないですか？」

セキュリティに気を付けているつもりでも、悪意のある人間に隙をつかれる場合もある。うちの会社はリモートワークもできるので、そのときに狙われたのかもしれない。

実際に調べると、円町さんのパスワードを使って外部からデータアクセスした履歴が出てきた。

ただ彼女自身がこの件の担当なので、これまで怪しまれずに済んだだけだ。もちろん会社のセキュリティの甘さにも問題がある。

ボロボロと泣き出してしまった円町さんを見て、胸が張り裂けそうだ。

できればこんな彼女は見たくなかった。でもこれは私自身が彼女と向き合うと決めたのだから、自分の責任で彼女に伝えなくてはいけない。たとえ傷つけたとしても、逃げていてはダメだ。

「原因を突き止めなくてはいけません。協力してもらえますか？」

自分でもなんて酷なことを言っているのだろうかと思う。彼女は傷ついている被害者でもあるのに、これから調査を受ける立場になる。

「――はい」

円町さんは泣いていた。それでもしっかりと顔を上げて、私の顔を見て頷いてくれた。その気持ちを絶対に無駄にしてはいけない。

「ありがとうございます」

私は先に打ち合わせブースを出て、御陵社長に円町さんの一連の話を伝え、また経営企画室に戻った。せめて彼女が事情を説明する間、待っていてあげたいと思ったからだ。

その後ミーティングブースから出てきた彼女の右手の薬指に、指輪はなかった。

「円町さん、少しお話しできますか」

彼女は悲しそうにしていたけれど、それでも自分の非も認め職責を果たしてくれた。そんな彼女を放っておけず、私は声をかけた。

これまでの私なら〝仕事の失敗は誰にでもある〟と割り切って、同情はするけれど、積極的に自分から関わろうとはしなかっただろう。

けれど今回は我慢ができなかった。

フロアの中にある作業スペースにふたりで座って話をはじめた。

やはり情報の流出元は、円町さんの可能性が高いと判断された。

今回彼女も油断していたところはあったが、故意ではなく、かつ正直にすべてを話したことで処分を受けずに済むことになりそうだ。

これから彼女の証言をもとに、証拠固めをするようだ。

「そうですか。処分がなかったのはよかったです」

信じていた人に裏切られた彼女に、これ以上のつらい思いはしてほしくない。

「寛大な処分に感謝はしてるけれど……よかったのかしらね。迷惑かけたのに」

彼女は自分が会社に与えた影響を知っている。だからこそまだ自分を責めているのだ。きちんと反省しているのだから、やり直しするチャンスがあるべきだ。

「いいんです！　円町さんがいないとみんな困りますから」

こんな慰めしかできなくて不甲斐《ふがい》ない。

「それになにも不正行為はしていないじゃないですか。どんなに対策していたとしても悪意のある人はあの手この手を使ってきますから」

「そうね……男を見る目がなかったわ」

「ひどい男性ばかりじゃないはずです。私、恋愛はよくわからないんですけど私が男性なら円町さんのような人を放っておきません！」

思わず力が入ってしまった。驚いた顔の円町さんを見て、なにか間違ってしまったのだろうかと気付く……が遅い。

「あ、私に言い寄られてもうれしくないですよね。すみません」

「ううん。私のためにそこまで言ってくれるなんて、本当にうれしい」

彼女がうっすらだが浮かべてくれた笑みを見て、私はほっとした。

「鳴滝さんこそ、相手はいないの？」

そう言われて、御陵社長の顔が思い浮かんで慌てて追い払う。

「いる……のかもしれません」

「ふふふ、私に寄り添ってくれた鳴滝さんには幸せになってほしいな」

こんなつらい状況なのに、私まで気にかけてくれるなんて、円町さんはやっぱり素敵な人だ。

彼女は最後に私に言った。

「ありがとう。他の人ではなく、鳴滝さんが説明してくれてよかった」

私はその言葉を聞いて、なんだか泣きたくなってしまった。

彼女を追及するのは私にとってかなりの負担だった。でもなにかしら寄り添えたのなら、これでよかったのだと思える。

これも御陵社長が、私にチャンスを与えてくれたからだ。

桃山室長も疲れた顔ではあったが、問題がひとつ解決しそうですっきりした表情だった。

「鳴滝さん、大変だったね、軽く食事にでも行かない？　僕も一応上司だから、君をねぎらいたいんだけど」

ありがたいが、疲れたときは猫に限る。私はいつも通りやんわりと誘いを断った。

「あの、せっかくのご厚意ですが。すみません」

「そっか、そうだよね。今日はそんな気分じゃないだろうね」

「あ……はい」

頭を下げた私は、やっぱり桃山室長は理想の上司だと思う。無理に誘わずに、こちらの負担にならないようにサッと引いてくれる。

ただ私が今会いたいと思うのは別の人だった。

胸の中で感情が渦巻いている。どうしても今の気持ちを御陵社長に伝えたい。いてもたってもいられず、無性に社長に会いたくなって社長室に会いに行く。

ノックをすると、すぐに返事があった。室内には御陵社長だけだ。

私は中に入ってすぐにドアを閉めた。

私の落ち着かない様子に、彼は少し驚いた顔を見せる。

「どうした、そんなに急いでなにがあった？」

心配したのか、わざわざドアの近くにいる私のところに来た。

私は胸を押さえつつ、息を整えた。

「なんだかすごく御陵社長に会いたいって思って……来てしまいました」

私の言葉を聞いた御陵社長は、今度はとても驚いた顔をした。

そして顔をほころばせ輝くような笑みを浮かべる。それはいつも仕事中に見せる、なにかを含ませるような笑みではなかった。

彼はそっと私の手を取って、様子をうかがうように顔をのぞき込んできた。急に距離が近くなって、私の心拍数が上昇する。

「それはたぶん、君が俺を好きだからじゃない？」

甘い言葉をささやいて、私をまっすぐ見つめた。その目の中にこれまでになかった情熱を感じて、胸の奥がちりちりと熱くなる。

呼吸も苦しく感じるほど、胸がドキドキしている。私はなんとか口を開いた。

「そうだと思います」

いつもならそっけなく否定していた。恥ずかしいから。でも今日の私は違った。

「え？」

いつもと違う反応の私に、御陵社長は軽く目を見開いた。私はそんな彼に自分の気持ちをぶつけた。

「私、御陵社長が好きです。では」

恥ずかしさに耐えられなくなって、踵を返して逃げ出そうとしたが、長い脚の社長に捕まってしまう。彼は後ろ手に鍵を閉める。

「そんな簡単に逃がすと思う？」

いつもよりもずっと距離が近い。私はさっきまでの勢いが急にそがれて逃げ腰になった。しかし逃がさないというような表情で、じりじりと詰め寄られている。

「い、いえ。でも……恥ずかしいんです」

耳の先が熱い。きっと真っ赤になっているはずだ。目を合わせられなくて背ける。こういうシチュエーションに慣れていないのは彼も知っているはず。なんとか今日は見逃してほしいのに。

「そんな顔されたら、余計に逃がしてやれない」

顎をとらえられて、顔が近づいてくる。ぎゅっと目を閉じると鼻先にキスされた。驚いて目を開けると、唇にキスが落とされた。

驚く私を見ている御陵社長は作戦が成功したと言わんばかりに、いたずらめいた笑みを浮かべている。

「やっと俺の気持ちが伝わったんだな。うれしいよ」

甘い声が耳から流れ込んできて、くらくらする。

やっぱり油断ならない。そう思った次の瞬間には、もう一度唇を奪われていた。


「それでデートはいつにする？」

ここは御陵エレクトロニクスの神聖な社長室のはずだ。それなのに目の前にいるこの会社の一番偉い人は、うきうきとなにを言っているのだろうか。

仕事中だというのに少し浮かれすぎではないか。しかも伏見さんが近くにいる。彼はできる秘書なので聞いてないふりをしてくれる。

「それは、セクハラにあたるのではないですか？」

やんわりと注意するけれど、御陵社長は不満げだ。

「じゃあ、上司が部下を好きになったらどうしたらいい？　誘ったらセクハラになるんだろう？　お互い好きなのにおかしな話じゃないか」

「それは……」

彼は期待のこもった目で、私の答えを待っている。それも少し意地悪そうな顔で。

「今は仕事中ですから……ひかえてください」

「なんだ、つまらないな」

非難めいた視線を向けられても、ダメなものはダメだ。

やり取りを見ていた伏見さんが、気を利かせたのか社長室を出ていった。

「他の人はどうだかわかりませんが、私と社長に限ってはふたりっきりのときなら……いいです」

苦肉の策だ。それ以外いいアイデアが思いつかない。そもそも恋愛の経験がない私にこんな難しい問題を出す方が間違っている。

「なら、今ならプライベートな話をしてもいい？」

「ダメです」

「なんだ、それは。さっきと言っていることが違いすぎないか？」

よっぽどおかしかったのか、声を上げて笑っている。

「総務に行ってきます」

私は楽しそうに笑っている御陵社長を放置して、部屋を出てきた。

総務課で仕事を済ませて歩いていると、途中で伏見さんに会う。

「おつかれさまです」

どうやら彼も社長室に戻る途中のようで、並んで歩いた。

「社長、浮かれてますね」

「あ……あの。すみません」

なんとなく自分の責任もあるような気がして、謝罪する。

「あはは、鳴滝さん謝る必要はないですよ。私はおふたりの関係を歓迎していますから」

身近な人から言われると、恥ずかしいけれどほっとした。

「案外不器用な人なんです。意外でしたか？」

伏見さんの言葉に頷いた。私も御陵社長の近くにいてそう思う場面が多々あったからだ。一方的に命令したほうが簡単な場面があったとしても、相手に考えさせ行動させる。

クンペル自動車の仲間社長のときもそうだった。相手につけ入って強引に契約に持ち込めなかったわけじゃないが、信頼を得る方に舵《かじ》を切った。本人は『いそがば回れだよ』と笑っていたけれど、今のうちの会社の状態でそれを辛抱強く我慢できるのは、彼自身の強さだと思う。

スマートに仕事をこなしているようで、周囲に心を砕いている。

「外から見る、美しいだけの男ではありません。近くにいればよりその魅力に気付くでしょう。かくいう私もどんなに無茶を言われ続けても、彼の秘書を続けているので」

苦笑を浮かべて肩をすくめている。

伏見さんが御陵社長をどれだけ信頼しているかを理解できた。

「敵の多い人なので、社長をいたわってあげてください」

「はい」

返事をしたらちょうど社長室の前だった。ノックをして中に入ると、難しい顔をした御陵社長がこちらを見て眉を顰《ひそ》める。

「ふたりして、楽しそうだな?」

「なにをおっしゃっているんですか、さっさと仕事してください」

伏見さんに一蹴《いっしゅう》された御陵社長は、少々不満げにしながらも仕事に取りかかった。

私が自分の気持ちを伝えてから、十日ほど経過したころ。顔を合わせる回数は多いけれど、なにかしら進展があったわけではない。

御陵社長は出張もしていたし、その後も社内の仕事や、御陵ホールディングスに関する仕事で多忙を極めていた。

彼から〝デート〟なんて単語も出ていたけれど、そもそも目の回るような忙しさの彼にそんな時間があるのだろうか。結局具体的な日程は決まらずにいる。ほんの少し甘さのある会話だけが、以前の私たちと変わったところだった。

その日も忙しく、社外での打ち合わせが終わったのは十九時を過ぎていた。私は今日の仕事はこれで終わりだし、御陵社長もたくさん仕事は残っているが、休みなく働いているのでそろそろストレスが限界らしい。

お互いの時間が珍しく空いたので食事をして帰ろうという話になった。

「いいんですか？　お仕事の方は」

ここ最近、伏見さんの代わりに秘書のまねごとをする機会も増えたが、すべての仕事を把握しているわけではない。とくに御陵ホールディングス関連については私はほとんどノータッチだ。

噂ではお兄様との確執などを聞くが、実際にどうなのかはわからない。

「いいんだよ、たまには。それにこういうふうにしないと君はすぐに帰ろうとするから」

事実なので否定できない。以前に比べたらいろいろな人と話をするようになったけれど、家が好きなのは変わりない。

　取引先の近くのお店に入る。御陵社長が一本電話を入れておいてくれたのかすぐに奥の個室に案内された。

　絶対に予約が必要そうな店にもかかわらず、すぐに席を用意してもらえるという状況にやっぱり生きてきた環境が違うのだと思い知る。店に入っても堂々としている彼と、緊張してきょろきょろしている私。それなのに一緒に過ごしているのがときどき不思議に思う。

　室内はシンプルだが家具や絵画などこだわりが感じられた。間接照明が部屋を柔らかく照らし、落ち着いてゆっくり食事が楽しめそうだ。

　イタリアンをベースにしたカジュアルな創作コース料理は、素材の味を活かしたものだ。色とりどりのアンティパストからはじまり、じゃがいものニョッキ、ミラノ風カツレツ、どれも頬が落ちそうなほどおいしかった。

　これまでの『緊張して味がわからない』と言っていたのを覚えていてくれたのか、個室でしかもなじみのある味付けだったので、いつもとは違って食事が楽しめた。

　もちろん御陵社長と一緒だったのもある。

　育ってきた環境も、今の立場も全然違うはずの私たちなのに、私は彼といるのが楽しい。ずっとひとりがいいと思っていたのに、彼の強い言葉に導かれるのは安心できるし、彼の明るさは落ち込みがちな私を笑顔にしてくれる。

頼もしい経営者の姿を見せたかと思うと、気を抜いて少しわがままな姿を見せたりもする。そのギャップについつい魅せられてしまう。計算でそれをしているとしたら恐ろしい人だ。私が最初に感じた〝底の知れない人〟というイメージは当たっている。

「ところで俺たちの関係は、いつ公表する？」

「俺たちの関係って、なんのことですか？」

ピンとこずに首を傾げる。

「おいおい、なに言ってるんだ。わからないふりはやめてくれ」

呆れたように笑った彼だが、私が本当にわかっていないと気が付くと困惑の表情を浮かべた。

「俺たちがつき合っているっていう事実を、いつ公表するかだよ」

「え……」

心底驚いてしまった。私は過去を振り返る。御陵社長もご存じの通り記憶力には自信がある。

「私たち……いつ、つき合いはじめたんですか？」

一度もそういう会話はされていない。だからつき合ってはいないはずだ。

「は？　え、ちょっと待て。確認するけれど」

「はい」

「俺は鳴滝さんが好きだって伝えたよな？」

「……はい」

なんとなく恥ずかしくて頬が熱い。

「いや、今大事な話をしているから、そういうかわいい顔はしないでほしい」

「ご、ごめんなさい」

自分がどんな顔をしていたかわからないが、うれしかったのだから仕方ない。

「それで、君もこの間、俺が好きだって言った」

また顔を熱くしながら頷いた。今思えばあれは人生ではじめての告白だ。

「それなのに、つき合っていないっていうのはどういうことなんだ⁉」

彼は本当に困惑した表情を浮かべている。しかし私だって聞かれても困る。

「つき合いましょうって話をしていないので、私たちはつき合ってはいないものだと思っていました」

正直に答えると彼は「はぁ」と肩を落とした。

「いや、これは俺も悪かった。君が恋愛に慣れていないのをわかっていたのに、きちんと伝えなかったんだからな」

彼はひとり納得したのか、うんうんと頷いている。

「そうだな、ここではっきりしておこう」

彼は姿勢を正して私をまっすぐ見つめた。

「鳴滝沙央莉さん。つき合ってください」

真剣な目に射貫かれてドキッとする。ストレートに伝えられて胸がこれ以上ないほど高鳴る。

だけど……。

「ごめんなさい」

勢いよく頭を下げ、勢いよく顔を上げた。

「え？」

目の前にはさっきまで真剣な顔をしていた、御陵社長の顔がある。だが今はぽかんとして固まっている。

「ど、どうして？」

すぐに我に返った彼が困惑しきりの中で、私に尋ねた。こんなに困っている彼を見るのははじめてかもしれない。

「あの……おつき合いとなるとハードルが高いです。御陵社長の隣に立つ自信がありません」

「そんなものなくてもいい」

私は首を振った。彼はそういう考えかもしれないけれど、周囲の人はどう思うだろうか。私がなにか言われるのは仕方ないが、彼がなにか言われるのには耐えられそうにない。

私の中で〝好き〟と〝つき合う〟の間には大きな隔たりがある。

「そうはいきません」

お互いをパートナーとするなら、責任が発生する。彼の立場ならなおさらだ。私はその責任を負う覚悟がまだない。

「でも君は俺が好きなんだよな」

そういうことを、ストレートに聞かないでほしい。

もちろん否定せずに、静かに頷いた。

私の考え方は、世間一般からずれているのかもしれない。でも自分が御陵社長の彼女になるなんて、想像しただけでもおこがましいのだ。

「好きだけじゃ、ダメなんですか？」

御陵社長は「はぁ」とため息をつきながら髪をかき上げた。

「仕方がない。まあ、今はそれでもいい。だが俺は今の関係に満足はしていないし、今回ひとつだけどうしても譲れないことがある」

「な、なんですか？」

「社長って呼ばれると興ざめする。名前で呼ぼう、お互い」

私が御陵社長を名前で呼ぶ？

そんな不敬が許されるのかと思うけれど、本人たっての望みだ。脳内で呼んでみたけれどこれはちょっと馴れ馴れしすぎて無理かもしれない。

ひとり百面相をしながら、頭の中であれこれシミュレーションをする。

「沙央莉」

「あ……」

突然甘い声で名前を呼ばれて、手を握られた。ドキンと胸が高鳴る。心臓が飛び出しそうだ。

好き合っている者同士なら、名前で呼び合うなどよくある話だ。しかし私にとってハードルが高い。自分がどれほど恋愛に耐性がないのか思い知る。

「あのそれはおいおい、善処します」

なんとか今はこれで許してほしい。

御陵社長は不満げだったが、デザートが運ばれてきたのでこの話はここで終わりになった。


食事を終えた後、まだ少し早かったのでふたりでぶらぶらすることにした。当たり前のようにつながれた手が気になる。でも何度か抵抗を試みたものの『絶対に離さないぞ』という鉄の意志を感じて途中であきらめた。

手をつないでいると温かい。それはやっぱり相手が彼だからだろうか。

ふと途中にある書店に足を踏み入れた。駅前で遅くまで開いている。今もそれなりにお客さんがいた。

お互いにどんな本を読むのか、おもしろかった本を話したりすると意外と共通点が見つかった。こうやって一緒に時間を過ごしてお互いを知っていけるのは楽しい。

「ここの本棚にある本とかも、すぐに覚えられる？」

「はい。たぶん」

後ろを向いてすらすらと言ってみせると、彼は手をたたいて喜んだ。

「いやあ、本当にすごい。かっこいいな俺の彼女」

「彼女ではありません」

「どさくさに紛れて言ってみたけど、ダメか」

残念そうに髪をかき上げるしぐさを見て、思わず笑ってしまった。誰もが振り返るような素敵な男性をかわいいと思ってしまった。

駅前でタクシーを拾って乗った。御陵社長は当たり前のように私をマンションまで送ってくれる。

少し渋滞していて時間がかかっていた。これまでなら早く帰りたいと思うばかりだったのに、今日はむしろこの時間が貴重だ。

御陵社長に恋をして、私は変わったなと思う。期待されることに嫌悪感を覚えなくなったし、人のためになにかをしたいと思えるようになった。

なによりもひとりが好きだったはずなのに、今は彼と過ごす時間も大事に思える。

タクシーに乗る前からずっと手をつないでいる。最初はドキドキしていたはずなのに、そのぬくもりに安心する。

ふと彼の方を見ると、手をつないでいない方の手で目元を疲れたようにマッサージしていた。

早く帰って休めただろうに、私との時間を取ってくれた。それがどれだけ貴重なのか、彼の近くで仕事をしている私だからわかる。

それなのに彼の希望を受け入れられなくて申し訳ないと思う。ただまだ勇気がない。恋愛にも自分自身にも。

……ちゃんと好きなのに。

そのとき伏見さんに言われた言葉をふと思い出す。

『社長をいたわってあげてください』

タクシーが自宅前に止まる。

御陵社長がそれまで握っていた手をはなした。途端に別れを意識して寂しくなる。

「――沙央莉」

「タマに会っていきませんか？　大翔さん」

彼に〝また明日〟と言われる前に、私は口を開いた。

自宅にはじめて人を招いた。それも両想いの相手。

普段からある程度、部屋を綺麗にしていてよかったと思うと同時に、まさか自分にこんな機会が訪れるとは思わなかった。

「おじゃまします」

興味を隠さずに、あちこち見られるとなんとなく落ち着かない。

玄関からリビングに続く扉を開けると、タマの姿がない。いつもなら私の帰宅に気が付いて顔をのぞかせるのだが、今日は御陵社長の気配を感じとって隠れているみたいだ。

ソファの下にいないので、ベッドの下を確認する。すると低い姿勢でこちらをうかがうように見ていた。

彼が私と一緒にかがんでベッドの下のタマを見ている。

「タマ、おいで」

私が呼びかけても、タマはじっとこちらを見つめるだけで動かない。

「タマって、シンプルでいい名前だな」

御陵社長は仕事以外では、なんでも褒めてくれる。人のいいところを見つけるのが上手な彼のおかげで私は自分が以前よりも好きになった。

彼はいつだって私を喜ばせようとしてくれる。

「狭い部屋ですみません。すぐに暖かくなると思うのでそれまで我慢してください」

以前社長のお部屋を訪ねたときは、心も体も限界であまり印象が残っていない。

ただとても広くて豪華だったのだけは記憶にある。

「いや、シンプルで君らしい部屋だ」

「そちらに、どうぞ。お茶を淹れます」

自分から誘ったのに、どうすればいいのかわからず、興味深げにあちこちを見ている社長にふたり掛けのソファを勧める。

「ありがとう」

言われるまま座った御陵社長を見て、私は電気ケトルにお水を入れて、コーヒーを用意する。

これ、御陵社長が好きなコーヒー豆だけど気が付くかな？

彼を部屋に招くのは想定外だったけれど、たまたま彼のいつも飲んでいるコーヒー豆を見つけたときに買っておいたのだ。毎朝、飲んで出勤している。

ふと視線を彼の方へ向けると、さっきまで警戒してベッドの下に籠城していたタマが彼に体をすりつけている。首の後ろを掻いてもらって満足そうだ。

「おまたせしました」

マグカップをふたつ。彼のはブラックで私のはミルク入り。テーブルの上に置くと、彼はタマを膝の上に抱き上げた。それまでタマが座っていた場所に座るように視線を向けられる。

小さなソファだから、かなり距離が近い。

私が座ると同時に、タマが逃げ出して自分の寝床に向かった。ふと彼のスーツを見るとタマの白い毛がついていた。

「タマの毛がついてしまいましたね」

「かまわないさ。これで俺は君を見つけられたから」

最初の匿名の告発文で彼が私を見つけ出したのは、タマの毛がヒントになった。まだそんなに時間が経ったわけでもないのに、あれからいろいろありすぎてずいぶん昔のように思えた。

彼がマグカップを持ち上げてコーヒーを飲む。目を細めて私の顔をのぞき込んだ。

「うまいな。ありがとう」

「よかったです」

「俺のためにわざわざ?」

やっぱり彼は気が付いた。それもそうか。社長室で毎日飲んでいるのだから。

「わざわざってわけじゃないですけど。お店で見つけたので」

「それって、俺がここに来るって想定を沙央莉はしていた。そうだよな?」

「ち、違います」

「違わないだろ。かわいいな沙央莉は」

本当に違うのに、押し切られてしまった。からかいながら顔をのぞき込まれると、頬が熱くなる。彼はわかっていてわざとそうしている。

「からかって悪い。慣れてない沙央莉が俺のためにいろいろしてくれてうれしいんだ」

彼が私の肩を抱き寄せた。彼のにおいをいつもより強く感じてトクンと胸が鳴る。

彼への態度がついついぎこちなくなってしまっても、彼はそれでいいと言ってくれる。ゆっくりしか前に進めない私の歩幅に合わせてくれている。

彼の肩に頭を乗せる。

「全部に応えられなくて、ごめんなさい」

彼を好きなのは間違いない。でも自分たちの立場を考えればつき合うというのは難しい。

彼はちゃんとした形を取ろうとしてくれているが、私には御陵大翔のパートナーという立場は荷が重い。

「俺、あきらめが悪いから、いつか沙央莉から『つき合ってください』って言わせるから。覚悟しておくといい」

なんでそんなまっすぐに、私を誘惑してくるの？　気持ちだけならすぐにでも飛び込んでいってしまいそうになる。胸の中に愛しさとドキドキが広がっていく。

それでもまだ考えたいことが残っている。私の迷いを十分に理解したうえで、私が気を使わないように、わざとこんな言い方をしてくれている。

「大翔さん」

彼が驚いた顔をした後うれしそうに笑った。目じりに少しできる皺がすごく好きだと思う。

「大翔さん、ありがとう」

私を見つけてくれて、待っていてくれて、好きでいてくれて。ありがとう。

いろいろな気持ちを込めた。

笑みを浮かべたままの彼が、私を引き寄せた。

キスの予感に私はゆっくり目を閉じた。

第六章　一難去ってまた一難

――ひとつの災難が去ったあと、また別の災難が来ること。災難が次々と襲ってくること。


大翔さんが出張中だと早く帰れる。もちろん寂しいけれど、これはこれ、それはそれだ。彼と出会って変わった自覚はあるが、やっぱりひとりの時間も好き。

そう思っているのが昨日彼にばれて、電話で小言を言われてしまった。

帰ってきたら、彼の家でご飯を作って機嫌を直してもらう。

つくづくお互いの考え方が違う。でも彼は『だからこそおもしろいんだろ』と言っていた。やっぱり彼はなんでも前向きにとらえる。その姿勢を見た周囲が彼についていこうと思うのだろう。

私もいつか自分に自信が持てたら、胸を張って彼の隣に立てるのだろうか。一日も早く決心がつく日が来るといい。

そのためには自分が納得できるだけの、努力をし続けないといけない。

仕事を終え、駅に向かって歩いている間ずっと彼について考えていた。そのせいか人が近づいている気配に気が付かなかった。

「鳴滝沙央莉さんですね」

いきなり呼び止められて驚いた。

警戒する私に、相手は名刺を差し出した。

「御陵夕翔です。大翔の兄と言った方がわかりやすいだろうな」

気難しそうな男性が立っていた。身長は大翔さんと同じくらいだが、線が細くメタルフレームの眼鏡をかけている。兄弟なので口元は大翔さんに似ているけれど、醸し出す雰囲気が冷たい。

たしか、大翔さんとはお母さまが違っていたはず。風の噂を小耳に挟んだ記憶がある。

「は、はじめまして」

なぜ私の前に現れたのか。考えられるのは大翔さんについてだろう。

「少しあちらでお話しできませんか？　もちろんあなたに危害を加えるつもりはありません」

「すみませんが予定があるので、遠慮させてください」

名刺を確認したし、御陵夕翔氏の顔はインターネットで確認したので知っている。疑ってはいないが、今日会ったばかりの人についていけない。

「そんなに警戒しないでほしいな。ただ少し忠告しておきたいと思って」

「忠告ですか？」

私が反応すると、口角をわずかに上げて笑った。

「君が傷つく前に知らせておいたほうがいいと思って」

親切そうなふりをしているが、そんなはずはない。わざわざ私に親切にする理由などないからだ。こういう場合は警戒しないといけない。

「そんなに敵意を向けないでほしいな。私は君の味方なのに」

口元は笑っているけれど、目が冷たいままだ。

そもそもどうして、私と大翔さんの関係を知っているのだろうか。それだけでも警戒するには十分だ。

「すみません、急ぎますので」

なにも聞かないに越したことはない。聞いてしまえば記憶に残ってしまう。

振り向いて歩き出そうとしたけれど、前に回り込まれてしまった。私は顔を上げて相手の顔を見る。

「あいつは、以前つき合っていた女性を利用して、そして捨てた。人を人とも思わない男だ。あの顔や甘い言葉に騙されてはいけないよ」

過去の女性の話が出て、つきんと胸が痛んだ。大翔さんに過去につき合っていた女性がいるのは当たり前だと思う。でもこうやって現実に突きつけられるとつらい。

でも彼のお兄さんの言っている話は、事実なの？

私の知っている彼は、高潔で人を傷つけてまで自分の利益を求める人ではない。たしかに最初私をひっぱり出したときは、強引だったけれどそれは彼のためではなく、むしろ私のためだった。自分を解放できるようになったのは彼のおかげ。私がそう望んでいたのを、彼が見抜いたから。

「ショックだろ、だから大翔なんかとは――」

「お気遣いはうれしいのですが、私は私の知っている彼を信じます」

過去になにがあったとしても、私は私の信じたいものを信じる。

歩き出そうと一歩踏み出すと、男性にぶつかりそうになった。

「あっ、すみません」

慌てて避けようとすると、相手が通せんぼするかのように前に立った。そのときはじめて相手の顔を確認して、驚いて息をのんだ。

「だから言ったじゃないですか、この女は完全にあの男にメロメロだって」

冷たい目で私を見下ろしているのは、鞍馬副社長だった。

どうして……ここに？ それよりも今の口ぶりからして、お兄さんと鞍馬副社長は知り合いなの？

ふたりの男性が目の前に立ち、品定めするような視線で私を見ている。このときに散らばっていた点と点がつながった。

鞍馬副社長が会社に残ったのは、大翔さんのお兄さんと手を組んで、御陵エレクトロニクスの経営を邪魔するためだったの？

大翔さんのお兄さんは、大翔さんの経営が失敗すれば御陵ホールディングスの後継者の座を得て、鞍馬副社長は御陵エレクトロニクスの実権が握れる。

敵の敵は味方。このふたりが手を組んで、事業の妨害をしているのだ。

土地の買収も、御陵家の長男が絡んでいるのならばあの金額が動いても納得できる。

「鳴滝さんだったね。とても優秀だと聞いていたのに、御陵社長側につくなんて間違った選択だよ。あの男はいったいいつまで社長でいられるんだろうな。後妻の息子の分際でずいぶん生意気だよな」

不吉なことを笑いながら口にする。

「まあ。あの男がいなくなっても、私がいるから安心したまえ。でもそのころ会社に君の居場所はないかもしれないがな。君も十分周囲に気を付けなさい」

鞍馬副社長の冷たい視線が私を射貫く。

「し、失礼します」

怖くてその場を逃げるのがやっとだった。

まさか、お兄さんと副社長がつながっていたなんて。お互いの利害が合致して、ふたりして大翔さんを追い込もうとしている。

ふたりに御陵エレクトロニクスそのものや、お客様を大切に思う気持ちはないのだろうか。

先代のサンキン電子の社長が、御陵ホールディングスの買収に応じたのは、鞍馬副社長が会社を狙っていたからなのかもしれない。

もし鞍馬副社長が実権をにぎったら、会社は、従業員はどうなってしまうのだろうか。考えたくもない。

足早に改札口を抜ける。駅のホームに立ったところでやっと緊張から解放された。

そしてこの後〝周囲に気を付けなさい〟という鞍馬副社長からのメッセージを、嫌というほど実感するようになる。

朝、いつも通りに出勤しロッカーに立ち寄る。無機的なグレーのロッカー。【鳴滝】というシールが貼ってあるその扉に〝身の程知らず〟と書かれた貼り紙がされていた。

茫然と眺めているとちょうど出勤してきた四条さんがそれに気が付き、私よりも先にはがしてびりびりに破いた。

「誰、こんな舐めたことしたやつ！」

四条さんが周囲に睨みを利かせると、それまで黙ってこちらを見ているだけだったその場にいた人は、視線を逸らした。四条さんの怒りのこもった視線にみんなが恐れをなして、そそくさと出ていった。彼女の曲がったことが大嫌いな性格に助けられた。

「四条さん、大丈夫だから」

「鳴滝さんがこんなふうに言われるの、私が嫌なんです」

「そう言ってくれるだけで、元気が出た」

うれしくて自然に笑顔になった。

「え、鳴滝さん。そんなにかわいい顔して笑わないでください。好きになっちゃいます」

「なに、やめてよ」

冗談でもそんな恥ずかしい発言しないでほしい。でも四条さんのおかげで鬱々とした気持ちにならずに済んだ。

「本当にありがとうね」

私がそう言っても、四条さんは不満げだ。

四条さんの怒りが伝わったのか、他のメンバーは準備を済ませてそそくさとロッカールームを出ていった。

そのとき扉が開いて中に入ってきたのは、円町さんだった。彼女はあまりロッカールームを使わないのだが、どうしたのだろうか。

「いた、鳴滝さん。これを見て」

社員ならだれでも入れるSNSのグループチャットの画面を見せられた。そこには私と御陵社長に対する誹謗中傷が書かれてあった。

私が御陵社長に取り入って、社長室にデスクをもらい花形の経営企画室に異動になった。私に逆らえばあることないことをでっちあげられて、クビにされる。

あとは経費を使って、デートをしているなんて話も書いてあった。

「経理課の中でも厳しかった鳴滝さんが、横領なんて許すわけないのに」

四条さんは自分のスマートフォンで、オープンチャットを確認したようだ。スマートフォンを両手持ちして高速でなにかを書き込んでいる。長い爪が邪魔ではないのかと気になってしまう。

「こんなうそっぱちばかり。そもそも鳴滝さんが御陵社長とつき合うなんて……え。あ、つき合ってませんよね？」

「え、あの……つき合っては……いないのだけど」

「〝は〟ってどういう意味ですか？」

ここでごまかしてもよかったのだけれど、四条さんには知っておいてほしくて事実を告げる。

「その……お互い好意は持ってるっていう感じ？」

「えぇえええええ。それっていつからですか？　もしかしてランチに行ったときはすでにラブラブでした？」

狭いロッカールームに大きな声が響く。私は慌てて口元に人差し指を持っていって〝しー〟っと彼女をいさめた。

「そのあたりは、想像に任せる。お互い好きだけどつき合ってはいないの。もちろん横領もしていないしみんなを脅したりなんてしてないからね」

「当たり前です。鳴滝さんが清廉潔白《せいれんけっぱく》だって私はよくわかっていますから。でも社長となんて」

「そうだよね、釣り合わないよね」

事実だけど自分で言って落ち込む。しかし四条さんは首を左右に振って否定した。

「そうじゃなくて、鳴滝さんが振り回されていないか心配なんです。異動のときも強引だったから」

そんな心配まで。私は胸が熱くなる。

「振り回されて……はいるけれど、でもそれもうれしいからいいの」

ポロリと本音がこぼれてしまった、恥ずかしい。

「はぁ～ごちそうさまです。鳴滝さんがいいなら、私は全力で応援します」

こぶしを握る四条さんがいれば心強い。

……でもこんなところから……鞍馬副社長が言っていた攻撃がはじまるとは。

「鳴滝さん、あまり気にしないで大丈夫だけど、油断はしないでね。自分の知らない間に事件に巻き込まれる場合もあるから」

円町さんは心配そうに私の二の腕に手を添えて励ましてくれる。

「わかりました。気を付けます。あの……このためにわざわざ？」

私が尋ねると、円町さんは少し照れたように笑った。

「私が困っていたとき、寄り添ってくれてうれしかったから」

その言葉を聞いて目頭が熱くなった。どれほどひどい噂をされようと泣きたいとは思わなかったのに、円町さんの気持ちがうれしい。

あのとき迷いながら取った行動は間違っていなかった。そう思えたおかげで、誹謗中傷になど負けるわけにはいかないと気持ちを強く持てた。

しかし状況はどんどん悪化していく。

最初はＳＮＳであれこれ書かれただけだったけれど、そのうち態度に出す人も出てきた。

営業部で調べものをしているときには、背後で「社長の犬」とささやかれた。相手が誰だか特定する暇も惜しく言わせたままでいたら、私をかばう声が聞こえて顔を上げた。

「鳴滝さんは厳しいけれど、人を陥れるような人ではないから」

それは経理課時代に私が何度も伝票の訂正を依頼した営業担当だった。当時はすごく煙たがられていると思っていたのに、かばってくれるなんて。過去の私も評価してくれている人がいてうれしくなった。

困難な状況でも助けてくれる人がいる。その事実が私を強くした。

きっと今までなら気が付いていなかったかも。また自分の変化に勇気をもらった気がした。

つらい状況ではあったけれど、それなりに前向きに過ごしていたつもりだった。けれど大翔さんは私のちょっとした変化にも敏感ですぐに気が付いた。

いつも通り社長室でパソコンに向かう。

「沙央莉、なにかあったのか？」

心配してくれるが、忙しい彼を邪魔したくない。

「なにもありませんよ。それよりもここは職場です。名前呼ぶのは禁止です」

「別にふたりしかいないんだから平気だろう」

「けじめは大事です」

「真面目！　でもそこがいいところなんだけどな。仕事きつくないか？」

次から次へと依頼してくる本人が聞く？　でもきっと彼が聞いているのはそういう意図じゃないんだろう。私は気が付かないふりをした。

「今のところ、なんとかなっています。社長が経費処理をためなければ」

「あ～わかった、すぐにやる」

彼がデスクに着いて仕事をはじめて、やっとほっとする。きっと勘づいてはいるけれど、踏み込んでほしくない私の気持ちを優先してくれたのだ。

支えてくれる人もいる、仕事は変わらずやりがいがあるし、なんとかなると思っていた。

夕方、経営企画室で、明日の会議で使用する資料のデータを呼び出す。あとは確認するだけにしていたものを、読み進めるうちに小さな違和感を持つ。

数字がところどころ違う……？

念のため全体を確認したが、やはりそうだ。わからないように細かい部分で変更されている。サーバーに保存してあるデータなので誰でもアクセス可能なものだ。

これまでの嫌がらせじみた行為は私が気にしなければ済む話だったが、今回は違う。気が付かずに他の人が利用していたらと思うと怖い。とうとう仕事に影響が出はじめた。

細かい数字なので、全部作り直しをする必要はなかったが、記憶力がなければ大変な作業量になっただろう。

この資料にある数字で、現在行っている事業の継続可否を判断する。会社に与える影響は多大なのに。

大翔さんのお兄さんや鞍馬副社長にとっての会社は、自分たちの立場を優位にするための道具なのだろうか。目の前には一生懸命働いている人たちがいるのに……そう思うとやるせない気持ちでいっぱいになる。

珍しく経営企画室のメンバーは出払っていて、室内には私と桃山室長だけが残っている。

必死になって作業していたせいか、桃山室長が心配して声をかけてくれる。

「いろいろと無理をしていないかい？」

「仕事ですから、多少は」

ここで意地を張ってもすぐにばれるので、素直に答えた。

「そうだろうな。でも仕事だけの話じゃなくて、御陵社長と一緒にいるのはつらいんじゃないのか？」

どこまで知っているのだろう。私と大翔さんが少しずつ特別な関係になっていることを。

「つらくはありません」

「そうか。でも何事も無理は禁物だ」

桃山室長は苦笑を浮かべつつ励ましてくれた。

「つらいわけではないです。でも自分にできないことが多くてそこは悩みますね」

いつもなら人に弱音を吐かない。私の相談相手はもっぱらタマだ。けれどここ最近のいろいろと積み重なって優しい桃山室長に本音を漏らしてしまった。

大翔さんに見合う自分であれば、ここまでの思いはしないで済んだだろう。

いまだに自分に自信がない。そのうえ彼の隣にいるという覚悟も中途半端だ。だから他人の言葉や行動に傷ついてしまう。

「私が強くならなくてはいけないんです」

はっきりと言い切った。これまでの自分ならこんな面倒事は嫌だと思って逃げ出している。

でも今の自分は違う。現実を受け入れて、それでも彼の傍にいたいと思っている。

そんな自分もなかなかいい。嫌いではない。

しかし桃山室長には違う意味で伝わってしまったようだ。

「君ばかりつらい思いをしているんじゃないのか。そんなの恋愛と言える？」

両肩をつかまれて驚き、顔を見ると真剣なまなざしとぶつかる。うまく反応できずに固まってしまった。

桃山室長はどうしてこんなに……。

なにか伝えなくてはと思っていた矢先。

「そこまでだ」

声がして振り向くと、大翔さんが立っていた。

彼が私の手を引いて、桃山室長から引きはがし歩き出した。

廊下に連れ出された私は、つながれた手をほどこうとした。社内ではまずい。

「社長、手をはなしてください」

いつもならすぐに返事があるのに、黙ったまま。

「あの……」

「ダメだ」

彼の怒りを孕《はら》んだ短い言葉に私は抵抗をやめた。私の手を握る力は強く、そのまま七階まで階段で連れていかれた。途中で誰かに見られないかひやひやしたけれど、誰にも会わずになんとか部屋までたどりついた。

社長室に入ると、彼はすぐ私にスマートフォンの画面を見せてきた。私は思わず息をのむ。

「これどういうことだ？」

ロッカーに貼り紙がされた日の画像だ。誰かが撮影していたらしい。私はなんて言えばいいのかわからずに黙り込む。

「どうして社長室じゃなく、経営企画室で仕事をしていたんだ？」

普段なら社長室にいる時間だから、変に思ったのだろうか？

「それは……明日の会議に使うデータがまだできていなくて」

「誰かに改ざんでもされたか？」

なぜそれを知っているのかと目を見開いた。しかしすぐに大翔さんがカマをかけたのだとわかる。

「故意かそうでないのかは、判断ができません。ただアクセス履歴には私の名前しかありませんでした」

現状わかる事実だけを伝える。しかし彼は納得しなかった。彼の聞きたい返事ではなかったのだろう。

ひとつため息をついて、視線をもう一度私に向けた。

「どうして、俺に相談しない？　兄と会ったんだろう？」

そうして差し出されたのは、お兄さんから受け取った名刺だ。個人的な電話番号が手書きされているものなので、私が受け取ったものに間違いない。

無言のまま視線で「どうして？」と尋ねると、彼はまたため息をついた。

「この間、伏見が君のデスクで書類を探しているときに見つけた。ただそんなことはどうでもいい。兄になにを言われた？」

伏見さんとは共通の仕事を多くしている。触られたくないものは鍵付きの引き出しに入れ、その他は自由に触っていいと取り決めた。見つかってしまったのは管理の甘かった私が悪い。

これまでにない強い口調。彼の中の怒りがにじみ出ている。それは私に対するものではなくお兄さんに向けたものだ。

「なにも……少しご挨拶をしただけです」

「なぜそんな必要があった？　他にもなにか言われたんだろう？」

「私にはわかりません」

そう答えるしかない。大翔さんの過去の女性について話を聞いたが、それは私の中で決着がついている。

しかし彼は納得しないようだ。

「わかった。鳴滝さんは今後経営企画室の仕事に専念して」

「どういう意味ですか？」

ふたりのときは彼は私を〝沙央莉〟と呼ぶ。いくら注意しても直さなかったのに今は〝鳴滝さん〟と呼ばれた。それがちょっと怖い。

「言葉の通りだ。少し距離を置こう」

「そんな、一方的です」

「あいにく命令できる立場なんでね」

こんな頑なな態度を取る彼ははじめてだ。戸惑うけれど、ここで素直に頷けば後悔する。

「私がいたら邪魔ですか？」

大翔さんは、唇を引き結び、苦しそうな表情を見せた。

「……そうじゃない。わかってくれ。危険な目にあわせたくないんだ」

大翔さんは私の両肩をつかみ顔をのぞき込んで、説得しようとする。彼の気持ちがわからないわけではない。でもここで彼の提案を受け入れたら、これまでの、なにかあれば我関せずでいたころと変わらない。

「幸い、つき合ってもないんだ。問題ないだろう」

私の顔を見ずに彼は言い切った。

たしかに彼の申し出を断ったのは私だ。だからって今彼と距離を置くのが本当にべストな選択なのだろうか。

たしかにつき合っていないけれど、突き放されると悲しい。

「ふたりのことなのに、私の気持ちは聞いてくれないんですか?」

彼の眉間の皺が深くなる。苦しそうに目をつむっている。

いつだって大きな決断をし、みんなを引っ張っていく彼。私もそんな彼を尊敬している。ただ彼もいつもこうやって悩んでいるのだ。私たちにそれを見せないだけで。

「私はたとえ危険な目にあったとしても、大翔さんの隣にいたいです」

これが私のまぎれもない気持ちだ。

彼は私の肩をつかんだままうつむいてしまった。今、どんな表情をしているのかわからない。黙ったままの彼は珍しく、だからこそ彼の心が揺れているのだろう。

本来なら彼が答えを出すまで、黙って待つべきだ。けれど今の私は、黙って待たない。彼の考えをどうにか変えさせたいから。

「『つき合ってくださいって言わせる』ってあれはうそなんですか?」

私の肩に乗っている彼の手に力が入る。ここで畳みかけないといけない。

「もしそうだとしてもかまいません。それなら今度は私が言わせてみせます。もう一度大翔さんから『つき合ってほしい』って言ってもらいます」

大翔さんが顔を上げて、驚愕の表情を浮かべた。

自分でも大それたことを言っているのはわかっている。以前は自分からつき合えないと言っていながら、今更自分勝手だと思う。でもあきらめたくない。彼が逃げるのなら、私が追いかけるまでだ。

こんな土壇場になって、覚悟が決まった。これまでは周囲からの視線を気にして彼の隣に立つ勇気を持てなかった。だから一番大事な彼の気持ちも、そして私の気持ちも蔑ろにしていた。

素直になればわかる。彼と離れられないのならば、覚悟を決めて周囲の視線に負けず、いつか認められるように彼の隣で成長する他ないのだから。

私は自分の気持ちをぶつけた後、じいっと彼の顔を見つめる。彼がどういう答えを出すのか待った。

すると最初は困惑していた彼の表情が、一気に緩み、そして満面の笑みを浮かべたかと思うと、私をぎゅっと抱きしめた。

「沙央莉……君はやっぱり最高だな」

大翔さんは、なにかが吹っ切れたように笑う。

「君が好きすぎて、どうにかなっていたみたいだ。大切にするっていう意味をはき違えていた。もちろんあきらめるなんて絶対に無理だけどな」

ああ、ちゃんと私の気持ちが伝わった。安堵で目頭が熱くなる。自分の気持ちを伝えるのは苦手だったけれど、どうしても大翔さんにはわかってほしかった。

「私はあなたと一緒にいたいです。こんなに好きにさせておいて今更離れろだなんて、ひどいじゃないですか」

泣いてはいけないとわかっているけれど、涙がにじむ。なんとか彼をじっと見て、もう一度伝えた。

「あなたの傍にいます」

声が震えたけれど、言いたいことは伝えられた。

そんな私の言葉を聞いた彼は、本当にうれしそうに笑った。

「強くなったな、沙央莉」

大きな手のひらが私の頬に添えられた。私も彼の手の上に自分の手を重ね彼を見つめる。

「私が変われたのは、大翔さんのおかげです。だからこれからも近くで見守っていてほしい」

素直な自分の気持ちを伝えるのは、恥ずかしい。でも彼には誤解されたくない。

「後悔するなよ。もう離さないからな」

彼の腕がよりいっそう、私を強く抱きしめた。

「鳴滝沙央莉さん、俺とつき合ってください」

二度目の告白。ふたりで気持ちをたしかめ合って、ふたりで出した答え。

「はい、よろしくお願いします」

もう迷わない。これから先いろいろあったとしても、この手があれば頑張れると思った。

しばらく抱き合った後、ソファに並んで座った。そのころには私の涙はなんとか引っ込んでいた。

「俺は沙央莉をみくびっていたよ。悪かった」

苦笑を浮かべた彼の唇が近づいてくる。誘惑に満ちた視線に、心をうばわれそうになる。

しかし私はそれを手で制止した。

「まだ終業時刻まで三分あります」

「ほんのちょっとだろ」

「規則は規則ですから」

不満そうな彼の顔が、すごくかわいく見えて思わず笑ってしまった。

「俺の時計ではあと一分だ」

いたずらにほほ笑む彼を見て、私は頬を熱くした。

彼は私に腕時計を見せる。ふたりで一緒に秒針が進むのを見続ける。
三、二、一。
「んっ……」

秒針が十二を指した瞬間、私の唇が彼に奪われた。

唇が触れただけなのに、体が熱くなり一気に体温が上がった。高鳴る鼓動になにも考えられなくなり、彼にすべてを預ける。

角度を変えて、お互いの気持ちを交換するようなキスをした。

このときばかりは、ここが社長室だというのを忘れていた。

しばらくして、唇が離れた後も大翔さんは熱を孕んだ目で私を見つめている。

「行こうか」

立ち上がった彼が私の手を引く。座ったまま彼を見上げる。

「あの……」

「もう待ちたくない」

真剣な目で乞《こ》われて、私は頷くしかなかった。戸惑いなど、一瞬にして霧散した。

彼の車に乗せられて到着したのは、以前一度連れてこられた彼の自宅マンションだ。あのときはパニック状態で私にしては珍しくあまり記憶に残っていない。あらためて訪れてこんなに豪華だったのかと思う。

そびえたつタワーマンション。その最上階に彼の部屋があった。高速のエレベーターに乗っている間、お互い話をしなかった。その代わりつながれた手から伝わる熱が、彼の気持ちを伝えてきた。

もどかしそうに、何度かつなぎなおされる。そのたびに彼の手から感じる熱が高くなる。

時折目が合う。けれど彼はすぐに視線をはずした。それでいい。そうでなければ、今にもキスしてしまいそうなほど、彼の目の中にいつもは感じない欲が満ちていた。

手を引かれ少々強引に、エレベーターから降ろされた。ぐいぐいと引っ張られ部屋の中に入ると同時に大翔さんが私の唇を奪う。

「んっ……」

いきなりだった。けれど驚きはしなかった。ずっとキスする寸前の甘い空気がふたりの間に流れていたから。

お互いを求めあっていた私たちのキスはすぐに深くなる。私は彼に教えられた通り首に腕を回し、あえぐような呼吸をしながら夢中でキスを繰り返した。

息苦しくなり呼吸を求めて顔を背けると、それすら許さないというように彼の手が顎に添えられる。唇の端にキスをしながら息が整うのを待っている……と思った矢先。

「えっ」

気が付いたときには彼に抱き上げられていた。その拍子にパンプスが両足とも床に転がるが、大翔さんは一顧だにせずどんどん中に入っていく。

広いリビングを通過して、扉を開けると大きなベッドが目の前に現れた。彼からいつもわずかに漂う香水のにおいがして、普段彼がここで寝ているのだとわかった。

そっとベッドのふちに座るように置かれた。彼は私の前にひざまずいて手をとって指先に口づける。彼がキスしたところが熱い。

まるで騎士が誓いを立てるかのような行為に、胸がドキドキと早鐘を打つ。

「沙央莉、今とても君が欲しいと思っている。でも君が嫌がることはしたくない。沙央莉の気持ちを聞かせてほしい」

真剣な目が私に問うてくる。

お互い大人なのだから、流れに身を任せてもよかった。それでも彼は私を気遣って意思を確認してくれる。

この人以外との恋愛なんて考えられない。

ドキドキする胸が痛い。深呼吸しながら震える声で答えた。

「私を、大翔さんのものにしてください」

言い終わるや否や、肩を軽く押された私は次の瞬間にはベッドに横たわっていた。

私に覆いかぶさった彼が、耳もとでささやく。

「お望み通り、全部俺のものにする」

体を起こした彼の射貫くような強い視線、その熱量で体が溶けてしまいそうだ。

大きな手のひらが頬を撫でる。ゆっくりと彼が近づいてくると、私は彼の首に腕を回してキスを受け入れた。

世間ではいい大人だと言われる年齢だけど、それでもはじめての経験は戸惑う。それを彼は理解してゆっくりと私の反応を見ながら進めてくれた。

手のひらで、唇で、吐息で、体温で、彼のすべてで私への愛を伝えてくれる。緊張でこわばっていた私の体もどんどん溶かされていく。

それでも彼とひとつになった瞬間は痛みを伴った。でも生まれてはじめて感じた幸せな痛みだ。心も体も彼のものになった、その喜びで目頭が熱くなってほろりと涙がこぼれた。彼の舌が優しくそれを拭ってくれる。

温かくて幸せな時間。これほどまでに彼を近くに感じるなんて。彼への愛しさが痛みを超えた。

彼もつらいのか、ぐっと堪えている様子に愛しさが込み上げる。

「大翔さん、動いて」

「沙央莉……だが」

「いいの。お願い」

目を見てねだると、彼は一瞬眉間に皺を寄せて強く目をつむった。次に開いた瞳の中に燃えるような情欲をたたえている。

「わかった。もう止まれないからな」

彼は宣言通りにそれまでの緩慢な動きとは違い、激しい愛をぶつけてきた。私の体は喜んでそれを受け入れる。

好きな人に愛される喜び、触れ合う素肌のぬくもりから感じる幸せ。

私は彼の激しい愛に翻弄されながら、彼への思いが強くなっていくのを感じた。

ふたりがひとつになった夜。甘い蜜のような空気の中、私は彼の腕の中で幸せな眠りに落ちた。

街にクリスマスソングが流れる十二月はじめ。

社長室には桃山室長が報告に来ている。

「新工場の土地の候補地一覧です。以前よりいい条件のところが見つかりました」

契約直前で白紙になり意気消沈していたのに、それよりもいい条件の場所を探してくるなんてさすが桃山室長だ。

「わかった、すぐに交渉に移って。くれぐれも慎重に」

「はい、おまかせください」

頭を下げた桃山室長と目が合う。

ここ最近の最大の懸念が解消されて、緊張から解放されたようだ。ほっとした表情を浮かべている。

私は笑みを浮かべて、わずかに会釈をした。

午後からは社長室での仕事に区切りをつけて経営企画室に向かった。この二重生活のような毎日にも慣れてきて、気持ちの切り替えがしやすく今ではこの働き方が自分には合っていると思う。

フロアに入ると円町さんの姿を捜す。すぐに見つかって歩いていきながら声をかけた。

「円町さん」

棚に向かっていた彼女が振り返った。

「おつかれさまです」

いつもと変わらない態度。でもいろいろあったせいか少し痩せたようだった。

「土地の件、聞きました。よかったですね」

「あぁ、そうなんです。いろいろと迷惑をかけてしまったから、ほっとしました」

柔らかい笑みを見て、安心した。ずっとずっと気になっていたのだ。

彼女は情報漏洩《じょうほうろうえい》の責任を感じ新工場の移転プロジェクトにおいて積極的に働いていた。

担当を外したほうがいいという意見はあったけれど、自分で失敗を取り戻したいという彼女の意志があり、なにより御陵社長も桃山室長も彼女の今までの働きぶりを大きく評価した結果だ。

彼女が立ち直るきっかけになると、考えてのことだ。

そしてその考えは見事にうまくいったようで、まだ以前ほどではないけれど、元気な彼女の顔を見られて安心した。

　ロッカーの件では、自分が大変な時期にもかかわらず私のもとにかけつけてくれた。だから今回の前進は自分のことのようにうれしかった。

「これで一段落ですね。よかった」

「ふふふ、ありがとう。鳴滝さんがここまで親身になってくれるなんて意外だったわ。もっとクールな人だと思っていたから。私の片思いじゃなくて安心した」

　たしかにそうだ。これまでの自分だったら、余計なことはせず他人に深く関わらなかったから。

「どうしても気になったもので」

「ありがとう。本当にとってもうれしいわ」

　なんとなく気恥ずかしくなった私は笑ってごまかした。

　感謝の気持ちがくすぐったくて、頭を下げるとすぐに廊下に出た。

　気分上々で廊下を歩いていると、桃山室長が前から歩いてきた。

「鳴滝さん、少し大丈夫？」

　休憩ブースを指さしながら聞かれた私は頷いて移動する。

「忙しいのに悪いね。どうしてもお礼を言いたかったから」

「お礼……ですか？」

なにかがあっただろうかと、考えを巡らせる。

「円町さんのことだよ」

想像もしていなかったので、少し驚いた。

「いえ、私はなにも」

あんな事件があった後、肩身の狭い思いをしないようにときどき声をかけたりした。しかしそれは仕事のためじゃなく、彼女が個人的に気になったからそうしただけで、桃山室長にお礼を言われるようなことではない。

「今回は上司の僕ではうまく立ち直らせる自信がなかったから。本当に助かった」

「いいえ、私は特別になにかしたわけじゃないので」

円町さん自身が歯を食いしばって頑張ったのだ。

「いや、円町さんにとっても君の存在はありがたかったはず。そこで鳴滝さん、そのお礼と言ってはなんだけど今度ふたりで食事に行かないか？」

なぜ私を誘うのか不思議に思う。理由はどうであれ、断るのだけれど。

「先ほども言いましたが、私はなにもしていません。それなら円町さんをねぎらうべきです」

「それは別として、僕は鳴滝さんをねぎらいたいんだ」

ますます意味がわからない。こんなに話が通じない人だっただろうか。私の中では常識人だったはずなのに。これまではこんなに強引に誘ってくることなんてなかった。

私が断ればすぐに引いてくれていた。

こうなったら正面から断るしかない。

「えっと……私、会社の人とはあまりプライベートの時間を過ごしたくないんです」

「それは以前聞いたから知ってる。それでも誘っている」

「……どうして、ですか？」

強引に誘うような人ではないのに、本当にどうしてしまったの。

「僕をもっと知ってほしいし、君について教えてほしい」

「あのだから……どうして」

言葉を交わせば交わすほど、余計にわからなくなってしまう。

桃山室長は少し照れた様子で、頭を掻いている。

「鳴滝さんが気になっているんだ。女性として」

衝撃に言葉が出ない。そんな素振りなど今まで見せなかったのに。

言葉が出ずに、瞬きを繰り返す。

桃山室長はなにも言わない私に言葉を続ける。

「ここのところ、ずっと無理しているように見えるんだ。僕なら話を聞いてあげられるし、助けてあげられる。だから――」

「だから？　どうするつもりなんですか、桃山室長」

背後から声が聞こえて、桃山室長と私は同時に振り返った。

「社長」

桃山室長は一瞬で焦った顔になる。

「こんなオープンな場所でする話には思えないけど」

「いや、あの……気を付けます」

少し小さな声で謝って頭を下げている。

「それと鳴滝さんは、俺以外の人とはふたりで食事に行かないよ」

顔を上げた桃山室長は、隣にいる私に目を向ける。

「やっぱり、そうなんだ？」

「あの……その」

うすうす気が付いているようだったけれど、ここで認めてしまっていいものか迷う。

しかし御陵社長は容赦がなかった。

「そうだよな。鳴滝さん」

念を押すような言葉に小さな声で「はい」としか言えなかった。

「そういうことだから、手を出さないでほしい。行こうか」

御陵社長に促されて、私はその場を離れた。

ずっと無言の彼の背中についていく。以前にも同じ経験があった。これで二度目だ。彼はひと気の多いエレベーターでなく、階段の方へ私を連れて行く。私は逆らわずに「どうか誰にも見られませんように」と祈りながら大翔さんと階段を上った。


社長室に入り、自分の席に向かおうとすると腕をつかまれた。

「少し隙がありすぎなんじゃないのか？　この間も言い寄られていたじゃないか」

「すみません」

不機嫌にさせてしまったのだと思い、とっさに謝った。

すると大翔さんは、右手で自分の顔を覆って「はぁ」と大きな息を吐く。

「すまない。君を責めるような言い方になってしまった。余裕がなくてかっこ悪いな」

言いながら私の手を優しく引いた。されるがまま彼に近づく。

「いいえ。私、恋愛がよくわかっていなくて不快にさせてしまったらごめんなさい」

他人から寄せられる感情にゆさぶられるのが嫌で、人と距離をとっていた。だから周囲の人の感情の機微に疎い。

「気をつけていたんですけど。うまくいかないですね」

「いや、今回のは醜《みにく》い嫉妬だ。君が他の男と食事だなんて、たとえ仕事仲間であったとしても嫌なんだ。ましてや相手は君に気がある。自分がこんな心の狭い男だったなんて驚いているよ」

彼のような人でも自分の感情を持て余すのだとはじめて知る。いつも彼が立派すぎて忘れがちになってしまうけれど、彼だって私と同じなのだ。

「私も大翔さんが他の女性と食事をするって聞いたら寂しくなりますから」

「本当に？」

頷くと、彼は安心したかのように口角を上げた。

「よかった。つまり沙央莉は嫉妬するくらい俺が好きなんだよな」

「……それは……はい」

自分では言えない気持ちを代弁されて否定できない。恥ずかしいけれどまぎれもなく私の気持ちだ。

「毎日沙央莉がどんどんかわいくなって困る」

「わ、私もそんなことを言われても困ります」

お互い見つめ合って、どちらからともなく笑い出した。

好きな人と一緒に笑い合う時間がこんなに幸せだなんて知らなかった。

彼と出会う前の自分に教えてあげたい。今私はすごく幸せだって。


日曜日の午後。たまっていた洗濯を終わらせて、来週分の作り置きを何品か作って、ずっと積ん読になっていたうちの一冊を消化する。

そして相変わらず寝てばかりのタマを眺めながら、大翔さんからの連絡を待つ。ひとりで過ごす時間は好きだったはずなのに、何度も時計を確認してしまう。

スマートフォンにメッセージが届いて急いで操作する。相手はもちろん大翔さんだ。

【今日の食事の予定、キャンセルで。すまない】

あぁ……やっぱり。今日彼が会っている相手とはいつも時間が長引くのだ。それでも結果が伴うのだから決して無駄な時間ではない。

半分くらい今日は無理かもしれないと思い覚悟していたけれど、実際にダメになるとやっぱりがっかりしてしまう。

「はぁ、仕方ないよね」

仕事だとわかっていても、明日会社に行けば会えるとわかっていても、寂しいものは寂しい。

ひとりが大好きだった私が、まさかこんな気持ちになるなんて。

【少し寂しいですが、お仕事頑張ってください】

大翔さんに対して、だいぶん素直な気持ちを伝えられるようになった。甘えられる相手がいる、それはすごく幸せだ。

【俺も残念だよ。できるなら今すぐ会って抱きしめたい。来週末にはなんとか時間を作るから】

【はい、楽しみにしています】

忙しい彼の時間を独占するのが、どれほど贅沢か知っている。スマートフォンをテーブルに置いて代わりにタマを抱き上げた。

「ねぇ、タマ。来週末に着ていく服どれがいいかな?」

私は気持ちを切り替えて、楽しいことに思いをはせた。

クローゼットの前で、数少ない洋服を眺めてコーディネートをしながら、大翔さんの今の状況を案ずる。

やっぱり鞍馬副社長との軋轢《あつれき》が大きくなっているせいで、忙しくなっているのかな。

　ここ最近、意見の相違が多く会議が中断する場面が多々あった。いろんな意見があるのはいいのだけれど、それで仕事がストップしてしまうのはよくない。

　代替案があればいいのだが、それもなく頓挫《とんざ》するというのを繰り返している。

　サンキン電子時代からいる鞍馬副社長の意見を尊重しようとする社員も多い。会社が二分されているような状態だ。

　クンペル自動車の仕事が決まって、御陵社長を支持する人が増えたものの、社員同士でも派閥を気にするものも出てきて、社員が一丸となって目標に突き進むという雰囲気ではない。

　御陵社長は疲れた様子もなく、精力的に仕事を行っているように見えるけれどふとしたときに考え込んでいる様子があり、疲れがたまっていないか心配だ。

　いろいろ考えても仕方がない。私は自分のできる仕事を一生懸命するだけだ。それがきっと大翔さんのためになるはず。


　十二月になればどこの部署もせわしなくなる。私は相変わらず社長室と経営企画室を行き来しながら慌ただしく過ごしていた。

　大翔さんの力になりたいなんて偉そうなことを思っているけれど……。この仕事の山を片付けるだけでも苦労するなんて。

「鳴滝さん、これもお願いできる？」

「はい。わかりました」

「助かるわ。ありがとう」

円町さんはしばらくの間つらそうにしていたけれど、今は以前と変わらないように見える。ただそう見せているだけで心の中ではいろいろ考えているんだろうけれど。

「おつかれさま、これでも飲んで休憩して」

フロアにコーヒーの香ばしいにおいがただよった。

「桃山室長、いただきます」

外から戻ってきた桃山室長が、近くのカフェからコーヒーをテイクアウトして差し入れしてくれた。

「よかった、鳴滝さんの分も買ってきておいて」

「ありがとうございます」

先日ちょっと気まずい雰囲気になったけれど、その後はいつもの頼りがいのある桃山室長だった。

みんな必死になって仕事をしていた空気が、コーヒー休憩を挟みやわらいだ。こういうところも仕事ができる上司だと思う。

経理課の今出川課長も、桃山室長も、御陵社長もだが私は上司に恵まれている。決して扱いやすい部下ではないはずだが、三人ともよく理解してくれている。

さて、いつまでものんびりしてはいられない。

今調べているのは、一部のデータが流出している可能性を見つけて調べている。アクセス履歴を確認して、業務に直接関係なさそうなデータを処理しているアカウントをチェックするが、共通点があるわけではない。

いくら記憶に残りやすくても、なにも思いつかなかったら意味がないもの。

ふと外出先を記載するホワイトボードを確認した。そこには桃山室長が消し忘れた外出先が記載してある。

先週も先々週も同じ時間、同じ方面に外出していた。

あのあたりに、取引先があっただろうか。

ふと考えたが、室長レベルになると私の知らない仕事もたくさんあるのだろう。新規の取引先かもしれない。私が今、会社で起こっているすべてを理解しているわけではないから。

ただ、もうひとつ引っかかるのが、桃山室長がたびたび確認しているデータが流出の可能性のあるデータだということだ。ひとつなら見逃しただろうが複数だ。他にもあまり関係のなさそうな部署のアカウントからアクセスもある。

これについては、アカウントの管理は総務部になるので、どのような扱いになっているか確認が必要だ。

偶然……だよね。

そう思いたいけれど、違和感がぬぐい切れないでいる。

これは……まずは桃山室長に確認するべきだろうか。

ちょうど決済をお願いしないといけない書類がある。そのときにさりげなく尋ねよう。

私は桃山室長のデスクに向かって、決済用のボックスに書類を入れる。

「早めに見ておくね」と上司の鑑《かがみ》のような言葉をかけてくれた。

「あの……」

声をかけた瞬間、デスクの上にあるメモに気が付く。

この字は桃山室長のものではない。でもどこかで見た記憶がある。何度も目にしたものではないので経営企画室の人のでもない。

鞍馬副社長の秘書だわ。

伏見さんを訪ねて秘書課に行った際に、多くの秘書と顔を合わせたりするようになった。そのときに数人のメモを見た。癖のある字だから記憶に残っていたのだ、間違いない。

顔が思い浮かんでくると同時に、彼が関わるとなにかしら気になるトラブルが起こりそうな予感がする。

そしてメモの内容も気になる。場所と日時のみ。それがどうして桃山室長の席にあるのだろうか。

「鳴滝さん、どうかした？」

「い、いいえ」

「最近忙しくて、鳴滝さんに手伝ってもらってばっかりで悪いね」

「大丈夫です」

頭が混乱していてぎこちない返事になったが、もともとそう愛想がいいほうではないので気が付かれずにほっとする。

私は足早にフロアを出て社長室に向かった。

落ち着いて物事を考えるために、桃山室長から距離を取りたかったのだ。

桃山室長は、大翔さんも信頼している人だ。そんな彼がもし裏切っているとしたら。

どれくらいのダメージになるだろうか。

いつだってひょうひょうとしているように見える大翔さんだが、本当は人の気持ちに寄り添える人だ。だからこそ……身近な人の裏切りにどれほど心を痛めるか、考えただけでも胸が痛い。

そのとき円町さんを思い出した。彼女は今も立ち直っている最中だろう。信じていた人に裏切られたときの苦しみは、すぐには癒えない。人によってはいつまでも引きずってしまう。

いくら大翔さんが、普段からビジネスの世界で生き馬の目を抜くような人たちと競い合っているとはいえ、傷つかないわけではない。

そして私も桃山室長に対して「どうして？」という感情が消えなかった。

誰もいない社長室で、情報を整理するがうまくまとまらない。

今日見たデータの中にクンペル自動車の契約に関するものがあった。クンペル自動車との契約は、大翔さんの御陵エレクトロニクスでの地位をたしかにするため絶対に必要なものだ。もしこの計画が失敗したら、やっと社員がひとつにまとまるきっかけになりそうなのに、また振り出しに戻ってしまうかもしれない。

これまでとは違い本当にあいまいだ。それに加えて対象が桃山室長だ。きちんとした裏付けをしなければ報告ができない。

デスクに座ってパソコンのパスワードを入力する。

それから急いで桃山室長のスケジュールを確認した。来週も今日と同じ方面、同じ時間に外出予定になっている。それがあの鞍馬副社長の秘書が書いたであろうメモの日時と一致する。頭の中で小さな警鐘がなる。

以前の私なら完全に知らないふりをしただろう。でも今の私は違う。気のせいだったらそれでいい。取り越し苦労ならそれでいいのだ。

経営企画室の経理データにアクセスする。こういうときに手伝っておいてよかったと思う。少し調べていても不審には思われないはず。

経費精算の伝票には情報がたくさん詰まっている。電車の運賃、交際費で処理してある手土産を買った店、打ち合わせで使った喫茶店。

おおまかな場所を絞り込む。幸い電車で移動しているみたいだから、駅で待っていれば現れるはず。

私は桃山室長が外出するその日の午後、有給の申請をして尾行すると決めた。自分でもこの行動力に驚く。

確信がもてたら、大翔さんに伝えよう。

発覚してから知るよりは、私の口から伝えたほうがきっと彼も冷静に聞けるはず。

いや、最初から疑ってかかるのはよくない。まずは桃山室長が会社に損害を与えるような行為に関わっていないように祈ろう。


そしてやってきた決戦の日。午前中は忙しく、経営企画室に立ち寄らなかったので桃山室長の動向は探れなかったけれど、もし午前中の服装を知られていたら困ると思い、更衣室でわざわざ着替えた。

大翔さんが有給の理由を知りたがったのには焦った。私の体調を心配しているみたいで変に心配させて申し訳ない。タマの定期健診だとうそをついたのは許してほしい。どうしても確信をもってから相談したいのだ。

駅の改札から出てくる人たちが見えるカフェの窓際の席を確保する。そわそわして目の前にあるコーヒーに手をつけることすらできずにかたずをのんで、駅から吐き出される人たちを見ていた。

案の定、外出予定時刻から算出した時間に、桃山室長が現れた。

正直来てほしくなかった。ここに来るまでは彼は関係していないのだと思いたかった。でも完全にそうと決まったわけじゃない。ちゃんとした仕事でここに来ている可能性だってあるのだから。ここに来てもやっぱり、桃山室長を信じたい気持ちがある。

私は手つかずのマグカップを返却して、それから十分に距離をとって桃山室長を追跡する。

人生ではじめての経験だ。できればもう二度と経験したくない。

到着したのは雑居ビルの一部屋。しかし会社名を記したものは無く、ひと気も感じられない。

もしかしてこのフロアじゃないのかも。

そう思ったときに、中から桃山室長の声と、それから鞍馬副社長の声が聞こえてきた。

あぁ……やっぱり。

そうあってほしくないという予想が、次々現実になっていく。覚悟はしていても、信頼していた相手の裏切りはつらい。

ショックでその場に立ちすくんだ私は、背後から口をふさがれた。

「んー！」

「静かにしなさい。不法侵入で警察に突き出しますよ」

視線を背後に向け、相手が誰だか確認した。

……やっぱり。

そこにいたのは御陵夕翔氏、大翔さんのお兄さんだ。

それと同時に桃山室長に、どうして?という気持ちが湧いてくる。

急に異動が決まって心細かったときも、桃山室長の存在に助けられた。

土地買収がうまくいかなかったときも、士気が落ちる中で一生懸命みんなを引っ張っていたのに。

ショックで体に力が入らない。

私が抵抗をしないので手が離された。その代わり腕をつかまれて室内に連れていかれる。

「お客さんだ」

夕翔さんの声に、室内にいたふたりが振り向く。

「鳴滝さん!」

声を上げた桃山室長は「どうして」とつぶやいた。

理由が聞きたいのは私の方だ。だけどショックで彼を黙ったまま見つめるしかできない。

「桃山さんは仕事ができると聞いていたのに、あとをつけられるとは何事ですか？　そちらの会社には間抜けしかいないんですか」

夕翔さんは、鞍馬副社長に嫌みを言いつつ部屋にある椅子に腰かけた。

どうやら使われていない事務所のようだ。掃除はしてあるが、人が活動している気配はない。

「社長の犬が嗅《か》ぎつけたか。こうなる前に片付けたかったんだがな」

鞍馬副社長が醜悪《しゅうあく》な顔でニヤニヤ笑っている。私にばれたとわかっても余裕の態度だ。

「彼女は関係ないです。すぐに帰してください。鳴滝さん、君はここには来なかった、なにも見なかった、いいね？」

桃山室長は必死になって私を逃がそうとしている。

「おいおい、そんなこと誰が許可すると思うんだ。社長を裏切っているという事実を、部下には知られたくないんだな」

「……それは」

桃山室長が苦悶《くもん》の表情を浮かべている。その様子から私の懸念が事実だと理解する。

こんなに身近で信頼している人が……。

悔しい。

今回もまた、私はなにもできずに終わってしまうのだろうか。もっと他のやり方があったのかもしれないが今更後悔しても遅い。

目頭が熱いがここでは泣きたくない。

そんな私を夕翔さんはせせら笑う。

「かわいそうに、大翔に関わったせいでこんな怖い思いをして。あいつがでしゃばらなければサンキン電子も巻き込まれずに済んだのにな」

どこかバカにした言い方に、怒りが抑えられない。

「大翔さんは会社のために頑張っています」

少なくともこんな卑怯《ひきょう》なまねはしていない。

「そんなはずないだろ。あいつにとってはあの会社は、御陵のすべてを手に入れるための踏み台でしかない。御陵家での評価のために買収した、それだけだ。不要なったらすぐに捨てる。その前に私と鞍馬さんが救済してあげようって言うんだ。そもそもあいつにはトップに立つ実力もないがな」

夕翔さんに続いて鞍馬副社長が口を開いた。

「あの男からサンキン電子を取り戻すために手を尽くしているんだ。これは君たちのためでもある」

もっともらしい言い方をしているけれど、私たちのためというならなぜ正しいやり方をしないのか。ここで言い返したら、火に油をそそぐ事態になる。わかっていても黙っていられなかった。

「だからって、新工場の建設を邪魔したり、情報をリークしたりそんな妨害をしてなにになるんですか？」

「下っ端の社員はわからなくていいんだよ」

夕翔さんはイライラした様子で、爪をかんでいる。

桃山室長は悔しそうに下を向いてこぶしに力を込めていた。

「僕は鞍馬副社長と御陵さんの指示でクンペル自動車との契約内容をリークするように命令された」

「おいおい、自分は悪くないって言いたげだが、私たちの指示に従った時点で君の罪だから」

「そうだ、全部あなたたちの指示だった。御陵エレクトロニクスと御陵大翔社長をおとしめるために僕に裏切るように指示をした」

桃山室長はまるで自分の行いを懺悔《ざんげ》するあのような口ぶりだ。本人が認めているなら、彼の関与は疑いようがない。胸がぎゅっと締めつけられる。

「桃山さんのような人間は、私の指示を受けて手足として働くくらいしかできないだろうからね」

夕翔さんの言葉に、桃山室長はその場に頽《くずお》れた。

心配になって彼に駆け寄る。彼が夕翔さんや鞍馬副社長とつながっていたのは事実だ。それでもこれまで私を助けてくれた桃山室長を放ってはおけなかった。

するとわずかに体を寄せてきて、私にだけに聞こえるほどの小さな声でささやいた。

「もう少しだから、我慢して」

なにを言っているのかわからなかったけれど、理解する前に事態が動いた。

「うちの部下を能無し呼ばわりするのはやめてほしいな」

扉を開けて入ってきたのは、大翔さんと伏見さんだった。

「あ……」

彼はすぐに私のところに来て、背後に私をかばった。

「沙央莉、大丈夫か?」

私が頷くと、彼はほっとした顔をした表情を見せた。

「言いたいことがたくさんあるけど、また後で」

大翔さんは私から視線を逸らすと、夕翔さんと鞍馬副社長と向かい合った。どんな表情をしているかわからない。私は黙ったまま彼の後ろに立った。

伏見さんが近くに来て私に怪我がないか確認している間も、大翔さんと夕翔さんは睨み合っていた。

「大翔、なぜお前がここにいる」

「その質問をしてくる時点で、間抜けなんだよ。兄貴は」

大翔さんの言葉に夕翔さんは怒りをあらわにした。

「なんだと」

さっきまでは余裕の態度だったのに、大翔さんが来てからの慌てようがすごい。

ふたりのやり取りを見て、夕翔さんが大翔さんに対して強いコンプレックスを持っていると感じた。

「もういいぞ、なかなかの演技だった」

大翔さんの声に、桃山室長が膝についたほこりを払いながら立ち上がった。

「え……」

「ごめんね」

申し訳なさそうに私に手を合わせている。

「おい、桃山室長、君……」

鞍馬副社長は慌てた様子で桃山室長に近寄ろうとするが、彼はさっと身をひるがえした。

「悪いが、触らないでくれますか？　もうあなたに媚《こ》びる必要はないですから」

いつも柔和な桃山室長だが今ばかりは、怒りをむき出しにして相手に鋭い視線を向ける。

大翔さんが鞍馬副社長に向けて声を上げた。

「先代社長が必死に守ってきた会社を乗っ取ろうと汚い手を使っておいて、今更サンキン電子を取り戻すだと？　ふざけるな。先代がどんな思いで俺に会社を託したと思っているんだ」

知らなかった事実とともに、桃山室長の態度から彼の発言が真実だと知る。

「そのうえ兄の口車に乗せられ、損害を与え続けて。お前が考えているのは会社の利益じゃなく自分自身の損得だけだろうが」

「なんだと！」

鞍馬副社長は吠えるように叫んだ。

そのとき桃山室長がポケットからなにかを取り出して、ボタンを押す。すると今日ここで交わした会話が流れた。

だからあんなふうに、罪を確認するみたいな言い方をしていたんだ。

「くそっ。裏切ったのか？」

夕翔さんは座っていた椅子を蹴り、鞍馬副社長は茫然とした顔でその場に立ち尽くす。

「残念でしたね。僕、結構仕事ができるんです。まぁ、事情を知っているはずの御陵社長が本気でヤキモチをやいたときには少し焦りましたけど」

桃山室長はほほ笑んで見せたが、目が笑っていない。それを見た夕翔さんは忌々《いまいま》しそうに地団太《じだんだ》を踏んでいる。

「桃山室長が二重スパイだって気が付かなかったのか？　俺に偉そうな口をきいていたくせに呆れるな。ちなみにお前らが手にしたデータは全部偽物。まったく意味のないものだ」

「そんな……うそだ」

夕翔さんは絶望に震えている。

「負け犬がいくら吠えてもどうにもならない。警察への告発はすでに終わっているから、お迎えが来るのも時間の問題だ」

いようだ。

「そ、そんな。御陵さんどうにかならないのか？」

鞍馬副社長が夕翔さんに助けを求めたけれど、夕翔さんは怒りでそれどころではな

「ちきしょう！」

叫んだ鞍馬副社長は、部屋を飛び出していった。

「兄貴、大事なお仲間が逃げ出してしまったな。ひとりで大丈夫か？」

いつもならしない、挑発するような言い方。それほど彼の怒りが大きいのだ。

「バ、バカにするな！」

「仕方ないだろう。詰めが甘いんだよ、いつもいつも。土地買収の金の出どころ、親父も気が付いているぞ。早く手を打ったほうがいいんじゃないのか」

「言いつけたのか？」

「子どもかよ……」

呆れたように鼻で笑っている。

「そんなだから、いつまでたっても専務止まりなんだよ。自分の周囲に人がいなくなっている今の状態に、そろそろ気付け」

たしかに、ここに彼の秘書はいない。大翔さんに伏見さんがいるように、夕翔さん

にも常に行動をともにする秘書がいるはずなのに。

「俺が目ざわりならいくらでも受けて立つ。ただ卑怯な手段を使う相手に負けるつもりはない。次に沙央莉に手を出したら、二度と立ち上がれないようにしてやるからな」

大翔さんがそこまで言うと、夕翔さんは激高して部屋を出ていった。

「桃山室長、なにをぼーっとしているんですか、追いかけますよ」

「はい」

伏見さんと桃山室長は、部屋を飛び出していった。

扉が閉まった瞬間、やっと緊張がとけて私はその場にしゃがみ込む。すかさず大翔さんが支えてくれる。

「沙央莉、大丈夫か？」

うんうんと頷くけれど、まだ心臓がドキドキしている。

彼の支えでなんとか立てている。そのまま強く抱きしめられた。

「とりあえず、なにもなくてよかった」

力強い腕に抱かれて、守られていると実感して涙腺が緩む。

「もう俺の知らないところで危ないことはしてくれるな、わかったな」

優しく髪を撫でられるとボロボロと涙がこぼれた。

「まったく、無鉄砲だな、本当に」

呆れたような言い方だったけれど、声色は優しい。彼の強い腕は私が落ち着くまでずっと抱きしめ続けてくれた。

「どうして、私がここにいるってわかったの？」

「俺は沙央莉みたいに、いろいろと気が付くタイプではない。だけど沙央莉については誰よりもよく見てるから、君の変化には人一倍敏感なんだよ」

有給の理由を追及されたときには、もう気付かれていたのかもしれない。

やっぱり私には、現場に乗り込むとか人を追及するとかっていうのは向いていないみたいだ。

「心配かけてごめんなさい」

「本当に反省してるのか？」

「してる……でも」

先を促すように、大翔さんがこちらを見てきた。

「もしまた大翔さんが傷つくかもしれないと思ったら、きっと同じことをする」

「まさか沙央莉、俺のためだったのか？」

彼が驚いた顔をしてこちらを見ている。

「仲間に裏切られるのは、つらいだろうと思って」

私の言葉に顔をほころばせると、少し呆れたような表情を見せた。

「たとえ俺のためだとしても、危ない行為は絶対にダメだ。わかったな?」

「約束はできません」

「強情だな」

「ことなかれ主義だった私を変えたのは、大翔さんですよ」

珍しく言い返す私に、最初は驚いた顔をしていた彼が笑い出した。

「ははは、もう沙央莉にはかなわないな。これって惚れた弱みなのか」

「そ、それは私にはわかりません」

「いや絶対そうだ。もし会社が傾くようなことがあれば沙央莉のせいだな」

そういう事態はありえないと思う。彼の大切にしているものは私にとっても大切なものだから。

彼がもう一度私を引き寄せて抱きしめた。なにがあってもこうやって彼が助けに来てくれる。だから私は強くなれた。彼の腕の中であらためて実感した。

それから一週間。

年末の慌ただしい時期に、突如、鞍馬副社長解任の知らせが社内をかけめぐった。

それと同時に桃山室長の副社長就任が決まった。次の株主総会で承認されるまでは副社長代理として鞍馬元副社長の仕事を引き継ぐ。

突然の人事発表に社員たちは困惑している。しかし前を向いていかなくてはいけない。御陵社長を中心にまた新しい御陵エレクトロニクスがはじまる。

御陵家では今回の夕翔さんが起こした事件を重く見て、彼を海外常駐させると決めたようだ。

そのため大翔さんは、御陵ホールディングス内のあれこれがふりかかってきたせいで、いつにもまして多忙を極めていた。

私は相変わらず社長室と経営企画室を行ったり来たりして、せわしなく働いていた。

「鳴滝さん、これ確認してもらってもいい？」

「はい。桃山副社長代理」

「なんだか、照れちゃうな」

はにかんで見せたが、どこか誇らしそうだ。二重スパイなんて危ない行為をしてまで会社を守ってくれた。これから大翔さんと協力して会社を盛り立てていくのだろう。

副社長室での仕事もあるが、経営企画室での仕事の引き継ぎもある。私と同じ二足の草鞋《わらじ》仲間だ。

「そうだ、鳴滝さん。今度こそ食事に――」

「行きません」

「だよね」

　はははと声を上げて笑っている。

「まだ私のことを、からかうつもりなんですか？」

　先日の告白は、どうやら夕翔さんや鞍馬元副社長から、私と大翔さんを引き離すために誘惑するようにと指示されていたのだ。

　夕翔さんや鞍馬元副社長を完全に信用させるために、演技していたらしい。どれだけ卑怯な手口を使うんだと、話を聞いて憤慨した。

　もちろん事情を知っていた大翔さんだったが、それでもイライラしたと言っていた。その話を聞いて、ちょっとだけうれしかったのは彼には内緒だ。

「からかっていない、本気だったって言ったらどうする？」

「へ？」

　思わず間抜けな声が出てしまった。

「ごめん、困らせたね。ほら今日は特別な日だから早く仕事を終わらせて」

「はい。ではすぐに確認します」

私は資料を持って自分の席に戻る。

あれ……やっぱりからかわれてた？

首をひねりながら、手元の資料に視線を落とした。


夕方、まもなく終業時刻というころ。

円町さんと仕事のやり取りをしていたときに、四条さんが経営企画室にやってきた。

経理処理の際の疑問点をいくつか確認をした後、なんとなく雑談をする流れがここ最近できている。

いつの間にか円町さんと四条さんも仲良くなっていて、なんだか不思議な気分だ。

私は相変わらずふたりの会話を、あいづちを打ちながら聞いている方が多いけれど。

「今日くらいは早く帰りたいですね。って言っても予定ないんですよね。せっかくのクリスマスなのに。私の彼氏、飲食関係の仕事なんで今日は忙しいみたいで」

四条さんは唇をとがらせながら、不満そうにしている。

「まあ、飲食関係の仕事なら仕方ないよ。クリスマスはね」

円町さんは不満げな四条さんを笑いながら慰めていた。

「そうだ、じゃあこれから三人で食事に行きません？」

四条さんが綺麗なネイルを施した指で私、円町さん、自分と順番に指さした。

「私はいいけど――」

円町さんがそこまで言ったとき、視線を入口に向けた。

「おつかれさまです」

円町さんも四条さんも姿勢を正して、相手に挨拶をする。

「おつかれさま。いつも頑張ってくれてありがとう」

にっこり笑っているのは大翔さんだ。そして私の方を見て「準備は？」と聞いた。

「だ……いじょうぶです」

「じゃあ、行こうか」

にっこりほほ笑む彼と顔を引きつらせる私。

円町さんにはばれているだろうけれど、四条さんにはまだはっきりとつき合っているとは伝えていない。

「今から仕事ですか？」

きょとんとして、私に尋ねてきた。

純粋に質問されて、なんだか隠しているのが申し訳ない。

「ク、クリスマスなので。恋人とデートです！　では、お先に失礼します」

そこまで言い切って、すぐに大翔さんを追いかけた。

「きゃ〜！　ついにつき合いはじめたんですね！　そういうことか」

四条さんの好奇心いっぱいの声が聞こえてきたけれど、なにか聞かれると困るので私は足早に経営企画室を出た。


四条さんの驚きの声から逃げるようにエレベーターに乗り込んだ後、私たちが向かったのは、イルミネーションで盛り上がる公園だ。

ケヤキ並木がきらきらと美しく輝いている。

「素敵」

「こんなところでよかったのか？」

少し申し訳なさそうにしているけれど、とんでもない。私の憧れがひとつ叶った。

「はい。人ごみが苦手なので避けていたんです。でも大翔さんと一緒に見たいなって思って」

去年までは年末調整を終えた後ほっとする間もなく、四半期決算の準備をしなくてはいけなかった。できるだけ早く家に帰り、体力を温存するのが日常だった。

それなのに今年は……。

そっと隣を見ると、大翔さんもじっとイルミネーションを眺めていた。

「俺もこういうところはずっと避けていたんだけど、綺麗だな」

彼が私に視線を移して笑みを浮かべる。真剣な顔で仕事をしている彼も素敵だけれどリラックスしているときの彼の笑顔は簡単に見られるものではない。自分だけの特権だと思うとうれしくなると同時に、自分の中にもしっかりと独占欲のようなものがあるのだと気が付いた。恋愛って奥深い。

人波に流されながらゆっくりと歩く。

はぐれないようにつながれていた手は、いつの間にか指が絡まりしっかりと結びついていた。

「大翔さんも、楽しめていますか？」

「もちろんだ。なに、そんなふうに見えない？　沙央莉が喜んでいる顔を見るのが好きなんだ。だからすごく楽しい」

私と一緒にいる時間を楽しんでくれている。欲しい言葉を先回りして言ってくれた。

私は少しだけ、つないだ手に力を込めた。

「手、あったかいです」

笑みを深めた彼は、自分のコートのポケットにつないだままの手を入れて歩いた。

耳も鼻先も冷気にさらされて冷たい。でもつながれた手と心は、ぽかぽかと温かかった。

そのとき、目の前を白いものが舞った。

「あっ……雪」

ふたりとも同じタイミングで空を見上げる。

周囲にいる人たちも、一様に笑顔になる。

「メリークリスマス。沙央莉」

彼は人の目を盗みながら、私の額に小さなキスを落とした。

「ど、どうして、こんなところで」

私は彼がキスした額を両手で隠した。

「別にいいだろ、今日はクリスマスだし」

彼は少し肩をすぼめて、くすっと笑った。


私たちは肩を寄せ合ってクリスマスの街中を楽しむ。

途中、近くにあるクリスマスマーケットのホットワインで乾杯して体を温めた後、大翔さんが案内してくれたのは、近くにあるラグジュアリーなホテルだった。

エントランスには見上げるほど大きなもみの木。その下にはラッピングされたプレゼントがいくつもあった。ディスプレイ用で中身は入っていないとわかっていてもわくわくするのはどうしてだろうか。

ロビーにあるグランドピアノを深紅のドレスをまとった女性が演奏している。曲はもちろんクリスマスにちなんだものだ。

絵にかいたような理想的なクリスマスデート。もちろん私の人生においてははじめての経験だ。

前もって宿泊の準備をと言われていたのだが、予想以上のきらびやかさに若干怖気づいている。

ともすれば忘れがちだが、大翔さんは御陵家の御曹司だ。普段はそれをあまり感じないが、今日みたいにふとしたときに意識させられる。

「沙央莉」

「はい」

クリスマスツリーの下で考え込んでいた私を、チェックインを済ませた彼が呼ぶ。

こちらに歩いてきた彼は当たり前のように私の手を取りエレベーターに向かった。

「クリスマスなのに、お部屋大丈夫だったんですか？」

年末年始のイベント続きのこの時季、簡単には部屋を予約できないだろう。

「まあ、このくらいは。沙央莉とはじめて過ごすクリスマスだし」

「ありがとうございます」

大翔さんは案外ロマンチストだと思う。逆に私は記念日やイベントをまったく気にしておらず、そういうのに疎くて申し訳ないと謝ったら、俺が覚えているから問題ないと言っていた。

申し訳ないとは思うけれど、できないことを笑って許してくれるのはうれしい。

「まさか私がクリスマスデートをするとは思いませんでした」

「どうして？　つき合っているんだからクリスマスは一緒に過ごすだろう？」

「そういう常識が今まで必要なかったので」

なんとなく言うのが憚《はばか》られる。でも仕方ない、大翔さんが私にとってはじめての彼氏なのだから。

「なるほど。まぁ、これから先のクリスマスも俺が予約してるから」

未来を示唆《しさ》するような言い回しに、ドキッとする。

「楽しみです」

「そういう前向きな言葉を聞けたのはうれしいかな。四条さんにも俺たちのことばれただろうし」

会社を出る直前の話をしているようだ。これまではふたりの関係を隠していたわけではないけれど、公にはしていなかった。なんとなく恥ずかしくて、仕事がやりづらくなるかもしれないと思い黙っていた。

「はい」

「覚悟が決まった？」

頷くと彼はうれしそうに笑った。

本当は、まだまだ自信はない。でもきっとそれはいつまでも持ち続ける感情だと思う。根本的な性格なのでどうしようもないだろう。

でも彼の傍から離れられないのだから、無理やりにでも覚悟を決めるしかない。

エレベーターを降りてすぐの部屋。扉にカードキーを翳《かざ》すとガチャっと音がして解錠される。

「どうぞ」

扉を押さえ中に入るように言われた私は、部屋に一歩踏み込んだ瞬間、目の前に広がる光景に声を上げた。

「すごーい」

思わず窓際に走る。

窓いっぱいに広がる景色は、先ほどまで歩いていた遊歩道だ。イルミネーションが遠くまで見渡せた。

さっきは下から見上げていたのに、今は眼下に広がっている。

「大翔さん、見て」

私が手招きすると、彼は長い脚であっという間に隣に来た。

窓に額をつける勢いで外を眺める。

「あんな遠くまで……すごいです」

振り向くと、後ろで景色を見ていると思った彼が私を見ていて驚いた。

「こんなにはしゃいだ沙央莉を見られるなら、毎日ここに来ようか」

「そ、そんなにはしゃいでましたか？」

「あぁ、すごくかわいい。でも夜景じゃなくて俺を見てほしいな」

彼の手が伸びてきて腰に回された。彼と向き合うといまだにドキドキしてしまう。

顔が整いすぎなのだ。

　お互い言葉もなく視線を絡ませる。笑みを浮かべてそのまま唇を重ねた。二、三度繰り返した後、ぐいっと腰を引き寄せられてキスが深くなっていく。

　彼の舌が唇をなぞり、それを合図に私が唇を薄く開くと、遠慮なく侵入してくる。

　体が熱くなりぼーっとしてくる。頭の中が彼でいっぱいになるこの時間が好きだ。唇が離れても、私の脳内を彼が支配する。意識がすべて彼に持っていかれる。

「沙央莉、結婚しよう」

「え……」

「今、俺が好きでたまらないって顔の沙央莉を見たらどうしても言いたくなった。まいったな……準備してたのに沙央莉がかわいいせいで予定が狂った」

「きゅ、急に言われても。それに私のせいなんですか？」

「全然急じゃない。俺にとってはこんなに好きな子と結婚したいって思うのは、すごく自然な流れだ」

　彼の言葉に黙ったまま耳を傾ける。

「沙央莉の頑張ってる姿や、うれしそうな顔をずっと一番近くで見ていたい」

　愛されていると強く実感する。私を見つめる視線に胸がドキドキと高鳴った。

「私でいいんですか？」

彼が強く頷く。

「俺が、沙央莉じゃないとダメなんだ」

真剣な瞳の奥に、彼の決意を見た。

「面倒な兄がいるんだけど……それはどうにかするから、必ず」

ばつが悪そうに視線を背けた彼がかわいい。

受け止めきれないほどの愛をくれた彼に、私も自分の気持ちを伝える。

「私も大翔さんじゃないとダメです。だからこれからも私と一緒にいてください」

ずっといろいろなものから逃げてきたけれど、彼と出会って強引に自分と向き合うことで、以前よりも自分が好きになった。

それは彼がずっと私と寄り添い、認めてくれたからだ。

そんな彼と一緒に過ごせる未来。たくさんの輝く希望がつまっている。

「よ、よろしくお願いします」

「あぁ、沙央莉」

彼は私の背中に手を回して抱きしめた。彼のにおいに包まれてほっとすると同時にどきどきする。

彼の腕の中にいる自分は、いつもよりも強くいられる。だからもう一歩頑張ってみようと思う。

「大翔さん、愛しています」

耳元でささやくと、回された腕の力が緩んだ。

驚いて顔を見ると、呆けた彼の顔があって驚いた。

慎みがなかったかもしれないと、おろおろしかけた瞬間彼が私の唇を奪った。少し強引で熱いキス。情熱的で甘くて体中を熱がかけめぐった。

「いつそんな俺を誘惑するようなやり方を覚えたんだ」

「いえ、そういうわけじゃ」

「いや、そうだろ」

「きゃぁ」

彼が私を抱き上げた。そしてそのまま奥の部屋に連れ去られる。

ベッドルームの扉がばたんと閉じたら、ふたりだけの濃密な夜のはじまりの合図。

大切な一瞬一瞬を目に焼きつける。

彼の表情の一つひとつを覚えていられる自分の記憶力をありがたく思えた。

それもきっと彼のおかげだ。

すみっこにいた私を見つけ出し、彼の隣に立たせてくれた。

ふたりっきりで永遠の愛を誓う。幸せな夜だった。


それから半年後のある日。

社内システムの掲示板を見た社員たちが、買収のときと同じくらいあちこちで驚きの声を上げていた。

みんなが騒ぐ中、私は営業部のフロアを闊歩《かっぽ》する。そしてお目当ての人を見つけ声をかけた。

「あの、今お時間よろしいですか？」

経理課にいたときとは違い、今は伝票ではなくタブレットの画面を先方に見せた。

「な、鳴滝さん？」

「ここの予算案なのですが、間違ってないですか？　先週確認の連絡をしたのですがお返事がなかったので直接来ました」

相手は驚いた顔で、自分のパソコンに映し出された掲示板と私の顔を交互に見ている。

「あの、この鳴滝さんって……君だよね？」

私は相手のパソコンの画面をちらっと見た。

「はい、そうですが」

「そうですがって……なぁ、鳴滝さん。今そんな話している場合じゃないよね。君、社長と結婚したの？」

いつぞやと同じように言われたが、私は表情を変えずに続ける。

「そう書いてありますから、そうですね」

「なんでそんな冷静なんだ？」

「私が誰と結婚しても、報告書の数字は正確に計上しなくてはいけません」

私もいつかと同じように返事をした。

相手は驚いた顔をして、そして続いて呆れた顔をしている。

「わかった、わかったから。すぐには答えられないから午前中いっぱい返事を待って」

「午前中ですね？　期限は厳守でお願いします」

私は無表情のまま念を押し、その場を去る。

「はぁ、結婚しても〝鉄壁の女〟は相変わらずだね」

それ、聞こえてますけど。

フロアを出る寸前にばっちりと聞いた。それでも表情を変えずに、社長室に足早に向かった。その間も他の社員たちのひそひそ話が耳に届く。

社長室にたどりついた私は、誰もいないのをいいことにデスクに顔を突っ伏した。

「はぁ、恥ずかしい」

これまで張りつけていた無表情の仮面が一気に剥《は》がれ落ちた。顔が熱いから、きっと赤くなっているだろう。

「こんな恥ずかしそうに、身もだえている沙央莉のどこが〝鉄壁の女〟なんだよな」

いきなり声をかけられて、顔を上げるとにやっと笑う大翔さんの姿があった。いつの間にか戻ってきていたようだ。彼はときどき私を驚かせようとこそっと戻ってくるのだ。

「もう、からかわないでください」

「いいだろ、かわいい沙央莉を知っているのが自分だけだから優越感に浸りたいんだ」

「夫なんですから、当然じゃないですか」

恥ずかしさをごまかすように、ちょっと唇を尖らせた。あろうことか彼はそこにチュと小さなキスを落としたのだ。

「かわいいなぁ」

「な、なにするんですか?」

ふたりっきりだとしても、社内で慌ててしまう。

「なにって、キス。本当はもっとしたいのを我慢してる」

「ダメです、絶対。仕事中はダメっていつも言ってますよね？」

私は熱くなった頬を手で扇ぐ。

「わかった。沙央莉に嫌われたくないから、仕事が終わるまで我慢するさ。〝鉄壁の女〟をどろどろに溶かすのは、家に帰ってからの俺だけのお楽しみだからな」

楽しそうに笑った彼を、軽く睨む。

「家に帰って、忘れたふりしても無駄だからな。君は記憶力がいいんだから」

わざわざ言わなくてもいいのに。

「社長は都合の悪いことはすぐに忘れますよね？　あと少しで会議がはじまりますよ」

「ん、どうだったかな？」

「もう」

お互いに見つめ合ってから、笑みを漏らす。

「大丈夫です。私が全部覚えていますから」

「頼もしい。愛してるよ、沙央莉」

彼の甘い言葉に、幸せをかみしめる。

もしあなたがおじいちゃんになって、私を忘れてしまったとしても大丈夫。

私が全部覚えているから、ゆっくりゆっくり聞かせてあげる。
私たちの恋の話を。

END

【参考文献】

『三省堂ポケット　ことわざ決まり文句辞典　プレミアム版』三省堂編修所　編（三省堂）
『旺文社国語辞典　第十一版』山口明穂、和田利政、池田和臣　編（旺文社）

あとがき

はじめしての方も、お久しぶりの方も。こんにちは、高田ちさきです。

ただいま深夜の二時。締め切りギリギリでこちらを書いています。

いつものんびりしていて原稿が遅れがちなのですが、今回は全力で取りかかっても時間がなく、締め切りにひやひやしながら、(ときに遅れながら) 仕上げました。

というのも、今回は私の中でのチャレンジ作品でして、かなりお仕事を頑張っているヒロインにしました。

そのせいか恋愛のバランスをとるのが難しく、時間がかかりました。(いつもの雰囲気の作品でも、ものすごく時間がかかるのですが)

恋愛が成就するまでの過程と、お仕事を通して成長するヒロイン。なかなか思い通りに書けずに大変でしたがチャレンジできて楽しかったです。

お気に入りのシーンは、沙央莉が告白を断るところです。(笑)

次回作は王道を目指したいと思います。

甘いのとしょっぱいのを交互に食べるって感じです。（伝われ！）

今回の表紙を書いてくださったのは、琴ふづき先生です。かわいらしい眼鏡ヒロインに、かっこよすぎるヒーローを描いていただいて感激です。ありがとうございました。

「毛色の違う話が書きたい！」という私のわがままを聞いてくださった編集さん。いろいろアドバイスをもらったおかげで、満足のいく作品になりました。

見捨てずに、今後もおつき合いいただければ幸いです。

最後に読者の方々。

今回は少し雰囲気の違う作品にしてみました。どうだったでしょうか？

もしよければ感想いただけるとうれしいです。

ではでは、次回作でお会いしましょう。

感謝を込めて。

高田《たかだ》ちさき

高田ちさき先生への
ファンレターのあて先

〒104-0031
東京都中央区京橋1-3-1
八重洲口大栄ビル7F
スターツ出版株式会社　書籍編集部　気付

高田ちさき先生

本書へのご意見をお聞かせください

お買い上げいただき、ありがとうございます。
今後の編集の参考にさせていただきますので、
アンケートにお答えいただければ幸いです。

下記URLまたは二次元コードから
アンケートページへお入りください。
https://www.ozmall.co.jp/enquete/IndexTalkappi.aspx?id=2301

鉄壁の女は清く正しく働きたい！
なのに、敏腕社長が仕事中も溺愛してきます

2024年11月10日　初版第1刷発行

著　　者　高田ちさき

発 行 人　菊地修一
デザイン　カバー　ナルティス
　　　　　フォーマット　hive & co.,ltd.
校　　正　株式会社鷗来堂
発 行 所　スターツ出版株式会社
〒104-0031
東京都中央区京橋1-3-1　八重洲口大栄ビル7F
TEL　03-6202-0386（出版マーケティンググループ）
TEL　050-5538-5679（書店様向けご注文専用ダイヤル）
URL　https://starts-pub.jp/
印 刷 所　大日本印刷株式会社

Printed in Japan

乱丁・落丁などの不良品はお取替えいたします。
上記出版マーケティンググループまでお問い合わせください。
定価はカバーに記載されています。

ISBN 978-4-8137-1659-4　C0193

ベリーズ文庫 2024年11月発売

『財界帝王は逃げ出した政略妻を猛愛で満たし尽くす【大富豪シリーズ】』佐倉《さくら》伊織《いおり》・著

政略結婚を控えた梢は、ひとり訪れたモルディブでリゾート開発企業で働く神木と出会い、情熱的な一夜を過ごす。彼への思いを胸に秘めつつ婚約者との顔合わせに臨むと、そこに現れたのは神木本人で…!? 愛のない政略結婚のはずが、心惹かれた彼との予想外の新婚生活に、梢は戸惑いを隠しきれず…。

ISBN 978-4-8137-1657-0／定価770円（本体700円＋税10%）

『一途な海上自衛官は溺愛ママを内緒のベビーごと包み娶る』田崎《たさき》くるみ・著

有名な華道家元の娘である清花は、カフェで知り合った海上自衛官の昴と急接近。昴との子供を身ごもるが、彼は長期間連絡が取れず、さらには両親に勘当されてしまう。その後ひとりで産み育てていたところ、突如昴が現れて…。「ずっと君を愛してる」熱を孕んだ彼の視線に清花は再び心を溶かされていき…!

ISBN 978-4-8137-1658-7／定価781円（本体710円＋税10%）

『鉄壁の女は清く正しく働きたい！なのに、敏腕社長が仕事中も溺愛してきます』高田《たかだ》ちさき・著

ド真面目でカタブツなOL沙央莉は社内で"鉄壁の女"と呼ばれている。ひょんなことから社長・大翔の元で働くことになるも、毎日振り回されてばかり！　ついには愛に目覚めた彼の溺愛猛攻が始まって…!? 自分じゃ釣り合わないと拒否する沙央莉だが「全部俺のものにする」と大翔の独占欲に翻弄されていき…!

ISBN 978-4-8137-1659-4／定価781円（本体710円＋税10%）

『冷徹無慈悲なCEOは新妻にご執心～この度、夫婦になりました。ただし、お仕事として!～』一《いち》ノ《の》瀬《せ》千景《ちかげ》・著

会社員の咲穂は世界的なCEO・櫂が率いるプロジェクトで働くことに。憧れの仕事ができると喜びも束の間、冷徹無慈悲で超毒舌な櫂に振り回されっぱなしの日々。しかも櫂とひょんなことからビジネス婚をせざるを得なくなり…!? 建前だけの結婚のはずが「誰にも譲れない」となぜか櫂の独占欲が溢れだし!?

ISBN 978-4-8137-1660-0／定価781円（本体710円＋税10%）

『姉の身代わりでお見合いしたら、激甘CEOの執着愛に火がつきました』宇佐木《うさぎ》・著

百貨店勤務の幸は姉を守るため身代わりでお見合いに行くことに。相手として現れたのは以前海外で助けてくれた京。明らかに雲の上の存在そうな彼に怖気づき逃げるように去るも、彼は幸の会社の新しいCEOだった！　「俺に夢中にさせる」なぜか溺愛全開で迫ってくる京に、幸は身も心も溶かされて――!?

ISBN 978-4-8137-1661-7／定価781円（本体710円＋税10%）